Nothing but the Night

오직 밤뿐인

존 윌리엄스 소설

정세윤 옮김

구픽

c o n t e n t s

오, 두려워하지 마라, 걱정하지도 마라.
좌우를 둘러보지도 마라.
그대가 걷는 끝없는 길 위에는
오직 밤만이 있을 뿐이다.

_A. E. 하우스먼

○

이 꿈속, 마치 무중력 상태에 있고 살아 있는 느낌
도 들지 않으며, 한없이 펼쳐진 어둠 속에서 의식이
스며드는 안개처럼 소용돌이치고 흔들리는 이 꿈속
에서 처음에 그는 아무 느낌도 없었다. 일종의 흐릿한
통각, 그리고 눈이 멀고 머리가 텅 비고 멀리 있는 느
낌뿐이어서, 할 수 있는 일이라고는 자기 자신을 어둠
과 구별하는 게 고작이었다.

그런 후 내부에서 의식이 좀 더 분명하게 커지기
시작했다. 꿈속에서 자신이 무감각한 존재였다는 사
실에 대한 일종의 감사였다. 말없이, 아무 생각을 하
지 않고 그 의식을 소중히 간직했다. 할 수만 있었다
면 아무것도 보이지 않는 그 무(無)의 자궁 속에 영원

히 남아 있었을 것이다.

하지만 꿈꾸는 사람은 힘을 빼앗긴다. 그게 꿈을 꿀 때의 특유한 상황이다. 잠에서 깨기 전에는 종종 어마어마한 힘, 상상할 수 없는 능력을 가지고 있는 것 같다. 하지만, 꿈을 꾸는 사람이 꿈꾸고 있는 자기 머릿속을 살펴보고, 그 꿈의 세계를 분석할 수 있다면, 자신이 가진 유일한 힘은 자기가 현재 존재하고 있는 상태에 가깝게 꿈을 꿀 수 있다는 것뿐임을 알아야 한다. 세상 안에서 세상들을, 삶 안에서 삶들을, 뇌 안에서 뇌들을 만드는 음울한 작은 익살꾼, 사악한 장난꾸러기의 도구에 지나지 않는다. 환상 같은 모든 힘은 이 회심의 미소를 짓고 있는 각본가에게서 나오며, 이 각본가의 변덕에 따라 그 힘은 주어지기도, 빼앗기기도 한다.

그래서 비몽사몽간에 약간 불안감을 느끼기 시작했고, 의식이 뚜렷해짐에 따라 감사의 마음은 사그라들었으며, 자기 자신에 대한 대담한 추진력을 느꼈다. 그리고 논리적으로 설명할 수 없는 방향으로 생각이 옮겨가, 갑자기 자신이 한없는 어둠 속에서 더 이상 완벽하지 않다는 건 알았지만, 공허함에서 생겨난 빛의 해로운 세상 안에서 어떤 정체성을, 불완전하지만 살아 있는 무엇인가를 찾아냈다.

잠시 자신이 어디 있는지 알 수 없어서 보이지 않게 방 안을 맴돌았지만 여전히 기이한 유체이탈적 느낌의 파도 위를 떠다녔다. 크고 섬세하게 채색된 방이었다. 사람들이 대화를 하고 있었다. 사람들로 빽빽하고 더웠다. 주변에 벽이 끝없이 펼쳐져 있었다. 밝은 베이지색에 갈색으로 세련되게 마감되었고, 수백 개의 야하고 의미 없는 그림들로 장식되었다. 상당히 친숙한 분위기와 아우라가 있었지만 정확히 꼭 집어 말할 수는 없었다. 할 수만 있었다면 플로어에 흩어져 있는 사람들과 어울려서 대화를 나누고 질문을 했을 것이다. 하지만 그는 자신의 의지로는 움직일 수 없다는 걸 알았다. 그는 아직 꿈속에서의 지성에 좌우되고 있었고, 그 지성이 허용하지 않는 한 움직이는 건 불가능했다.

하지만 이 다른 차원에서도 파티에 모인 사람들을 관찰할 수는 있었다. 그리고 그가 보기에 사람들은 거대한 현미경의 유리 슬라이드 아래 몸을 비틀며 자리하고 있는 것처럼 보였다. 파티용 가면, 기만적이고 불필요한 미소를 보았다. 그 미소 사이로 입안이 잠깐 보이면서 깔끔하게 씻은 핑크색 잇몸, 치약으로 닦은 치아의 푸르스름한 에나멜을 노출하고 있었다. 입술이 엄숙하고 힘차게 오므라들면서 얼굴은 온통 일그러지고 주름이 생겼다. 매력을 발산하기 위한 해부학적 실험이었다.

그리고 뚱뚱한 신사들을 보았다. 단조로운 턱시도 위로 불룩한 배를 내밀고 있었다. 그들의 이야기가 자욱한 담배 연기와 진과 베르무트[1]의 좋은 향기 사이로 내뿜어져 나왔다. 비슷비슷해 보이는 여자들의 줄이 끝없이 이어졌다. 몸에 착 달라붙는 드레스 때문에 가슴과 허벅지가 도드라졌고, 얼굴은 흐릿해서 알아볼 수 없었으며, 목소리는 플루트 소리 같았지만 공허했다.

갑자기 여기가 어딘지 생각났다. 기억은 예고 없이 떠올랐고, 그는 놀라지 않고 그 기억을 받아들였다. 여기는 맥스 에바츠의 집이었다. 잘 아는 곳이었다. 파티 참석자들을 건성으로 살펴보는 걸 잠시 멈추고 맥스를 찾아 방을 둘러보았다. 둘러보기도 전에 맥스

---

1. 포도주에 향료를 넣어 우려 만든 술. 흔히 다른 음료와 섞어 칵테일로 마심.

를 찾지 못하리라는 사실을 알았다. 맥스가 여는 파티에서 맥스를 본 사람은 없었다. 파티가 시작되면 맥스의 거대한 체구는 정중하게 사라졌고, 그 이후로는 누구의 눈에도 띄지 않았다. 맥스는 현명하고 성공적인 주최자였다.

마침내 자신이 어디 있는지 깨닫자 다른 일들도 기억의 궤도 속으로 쏟아져 들어왔다. 그는 이 사람들을 알고 있었다. 전부를. 사람들의 얼굴을 정리하고 살펴볼 수 있었고, 기억해 분류할 수 있었다. 기억이 밀려들면서, 멍했던 마음 상태가 마치 커다란 망토처럼 흘러나갔고, 그는 자신이 혼란스럽게 몰려오는 현실에 속수무책으로 빠져들며 이 군중의 미미한 일부가 된 것처럼 느꼈다.

그리고 젊은 남자를 보았다. 머리 한편으로는 남자의 얼굴이 주는 무시할 수 없는 친숙함에 대해 생각하면서, 다른 한편으로는 자신이 왜 여기 있으며 왜서서 저 남자를 쳐다보고 있는지, 무슨 일이 일어날 것인지에 대해 분명히, 말로 할 수는 없어도 너무나 잘 알고 있다는 사실에 온통 사로잡혔다.

젊은 남자는 방구석에 있는 큰 의자에 혼자 앉아

있었다. 머리카락은 곧은 금색 밧줄처럼 꼬여 흘러내렸고 가끔 여윈 손으로 무심코 쓸어 올려 제자리로 돌려놓으려 했지만 별 효과는 없었다. 체격은 마른 편이었고, 자리에 앉았을 때도 다소 구부정한 자세 때문에 큰 키가 눈에 띄었다. 안색은 창백했다. 하지만 단순히 햇빛을 못 쬐어서 그런 것 같지는 않았다. 피부 아래 창백한 쿠션이 있는 것 같았다. 마치 건강한 피부와 근육이 가지고 있는 정상적인 탄력이 없는 것처럼, 호기심에 손가락으로 만져 보면 눌린 대로 남아 있을 것 같은 인상이었다. 이 이상한 창백함과는 대조되는, 피처럼 새빨간 입술 한 쌍이 자리 잡고 있었다. 정확히 말하자면 관능적인 빨강도, 병색 깃든 빨강도 아니었다. 오히려 아파 보이는 얼굴 중에서 유일하게 건강한 부분처럼 보였다.

　남자는 맥스의 파티에 종종 모습을 보였다. 하지만 심지어 그처럼 선천적인 예리함을 갖추지 못한 관찰자의 눈에도 남자가 그 파티에 어울리지 않는다는 것은 분명해 보였다. 내면의 불안에 빠져 있어서 자신이나 타인들에게 마음 편히 대하지 못했다. 금방이라도 벌떡 일어나 순수한 공포에 사로잡혀 도망가려는 듯,

긴장한 채 몸을 앞으로 기울이고 앉아 있었다. 하지만 남자는 여기, 또 기타 비슷한 모임에서 자주 모습을 보였는데, 언제나 귀신들린 듯한 이방인이며 부적응자였다. 남자의 주위에는 항상, 그리고 반드시 이러한 분위기가 있어서 마치 몸에 맞지 않는 옷을 입고 있는 것 같았다.

꿈속에서 그는 자신에게 물었다. 이 남자를 아는 사람이 누구지? 남자의 진짜 정체를 아는 사람은? 남자가 어디서 왔는지, 어디로 가는지 아는 사람은? 그는 꿈속에서 생각했다. 여기 당신들의 진짜 이방인이 있다. 생면부지의 사람도, 바글거리는 거리에서 잠깐 스치듯 본 얼굴도 아니다. 언젠가 들었던 어두운 목소리도 아니다. 신문에서 봤던 낯선 얼굴도 아니다. 그런 게 아니다. 하지만 여기 이 남자는 너무 잘 알아서 오히려 생경했고, 너무 자주 봐서 낯설었다. 여기에 거리에서 볼 수 있는 진정한 낯선 이가 있다. 긴장하면서 몸을 웅크린 금발 남자, 누구의 눈에도 띄지 않고 혼자 방 한구석 의자에 앉아 있는 사람이.

남자는 눈에 띄지 않고 혼자 있었고, 아무도 남자를 알지 못했다. 남자의 이름을 언급하는 사람은 거의 없었다. 그게 다였다. 그의 삶의 기본적이고 본질적인 면을 아는 사람은 여기에는 아무도 없었다. 그런 것들은 고려의 대상이 될 만큼 중요하게 생각되지도 않았고, 조사해 볼 가치는 더더구나 없었다.

이 사람들에게 그 남자는 의미 없는 소음이었고, 붕괴를 일으키지 않는 폭발이었다.

꿈속에서 그는 특정한 순간이 기억났다. 언젠가 맥스 에바츠의 집 마루 한가운데 서서 주위의 모든 것에 눈을 빠르게 깜빡이며 서 있던 순간이 기억났다. 불안한 손가락은 칵테일 잔의 가느다란 줄기를 어루만지면서, 마치 먼 곳을 못 보는 올빼미처럼 강한 집중력으로 주위의 돌아가는 일들을 쳐다보고 있었다. 그것이 그의 일반적인 자세이며 태도였다. 가끔은 삼십 분 동안 그렇게 서서, 꼼짝하지 않으면서, 말없이, 주위를 떠도는 거의 알아듣기 힘든 잡담에 귀를 기울였다. 그러다 보면 어떤 우연한 발언이 귓전으로 들어왔고, 그는 갑자기 발을 구르며 난폭하고 의미 없는 비난의 말을 내뱉고, 무표정하지만 놀란 얼굴들을 향해 욕설을 퍼부었다. 그 자신의 얼굴은 불쾌감으로 일그러졌고, 얇고 붉은 입술은 축축해지고 비틀댔으며,

병든 듯 창백한 뺨은 분노로 상기되었다. 사람들이 놀라서 하는 수 없이 그를 피해 자리를 떠도, 분노에 찬 횡설수설을 그칠 생각이 없었다. 그는 그들을 따라 방을 돌아다녔고, 그의 욕설은 자포자기한 듯한 애원으로 미묘하게 달라졌지만 아무도 알아채지 못했다.

그러고는 시작할 때와 마찬가지로 갑자기 멈췄다. 지금까지 자신이 계속 말을 했던 사람이나 사람들을, 마치 달갑지 않게 쳐들어온 이방인인 양 멍하니 응시했다. 거기에 더해, 주위를 맴돌며 그들을 당혹스럽게 하고, 놀라게 하고, 다소 불쾌하게 하고는 방구석의 자기 자리로 돌아갔다. 그런 다음 거의 혼수상태와 같은 침묵으로 빠져들었는데, 그 침묵은 가끔은 오 분, 때로는 한 시간이나 지속되었으며, 남은 저녁 시간 내내 그러는 경우가 더 잦았다. 그동안에는 그를 일으키려고 해 봤자 소용없었다. 그는 입을 다물고 있는 자기 자신을 제외하고는 어떠한 존재도 인지하지 못하는 것처럼 보였다.

그래서 지금 그는 꿈속에서 너무나 큰 의자에 앉은 작고 창백한 사람을 쳐다보았다. 그렇게 쳐다보는 동안, 재난이 임박했다는 느낌이 점점 강해졌다. 도망가고 싶은 마음에 이 자리를 뜨려고 했지만 그는 자신이 완전히 움직일 수 없는 상태라는 것을, 꿈의 임프[2]가 자신의 이동 능력을 죄다 빼앗았다는 사실을 알게 되었다. 그는 당황한 채 서 있었고, 꿈은 갑자기, 상상할 수 있는 것보다 더 갑자기 예측을 벗어났다. 눈이 멀 것 같은 빛의 대폭발이 일어났고, 그 결과 눈앞이 보이지 않을 정도의 공허한 어둠이 남았으며, 군중의 목소리가 몇 배로 증폭되어 들렸다. 사람들이 증오를 담아 거칠고 난폭하게 소리를 지르고 있었다. 그는 그들이 왜 소리를 지르는지 알았다.

그리고 어둠이 걷혔다. 그러자 그는 파티장 전체를, 전에는 방에 차분히 있었던 사람들 모두가 한쪽 귀퉁이에 있는 그 지나치게 큰 의자 주위에 모여서, 의자에 웅크린, 자신들이 무시했던 존재를 무차별적인 분노에 차 두들겨 패고 있는 것을 보았다. 그는 꿈속에서 사람들이 이룬 원 안으로 들어가 창백한 젊은 남자에게 아주 가까이 갔다. 사람들이 안쪽으로 밀고 들어오자 그는 자신이 의자에 앉아 있는 남자 쪽으로

---

2. 숲에 사는 영국의 요정. 소악마라고 여겨지며, 성격은 심술궂고 사람을 도와줄 때도 속으로는 좋지 않은 짓을 꾀하고 있음.

밀려가는 걸 느꼈다. 갑자기 그는 소리 지를 힘이 생겼다는 것을, 움직여 싸울 수 있는 힘이 다시 돌아왔다는 사실을 알았다. 하지만 사람들의 원을 뚫고 나갈 수 없었다. 사람들은 가차 없이 밀어붙였고, 그의 힘으로는 사람들의 찌그러진 몸의 무게를 이겨낼 수 없었다. 그는 꿈속에서 젊은 남자의 피부 질감을 볼 수 있을 정도까지, 남자의 체념한 듯 감은 눈의 눈꺼풀 위로 펼쳐진 혈관을 볼 수 있을 정도까지 안쪽으로, 안쪽으로 밀렸다. 그 몸과 위험하게 부딪히는 것을 피하려고 마지막으로 안간힘을 써 한 번 더 뒷걸음질 치려고 해 보았지만 헛수고였다. 군중이 강력한 힘으로 그의 몸을 들어 올리며 밀었고, 그는 자신의 몸 일부가 젊은 남자에게 닿는 것을 느꼈다. 그리고 그는 알았다. 알고 있던 사실이 마지막으로 터져 나오면서, 그의 머리는 지금까지 내내 느껴왔던 것을 똑똑히 발음할 수 있었다. 마치 감지할 수 없는 공기인 양, 그는 교묘하고 손쉽게, 소리 없이 몸의 나머지 부분으로 스며들어가 설명할 수 없는 화학 반응처럼 하나가 되었다. 갑작스럽고 순간적인 고통과 함께 이것이 그 남자의 진짜 정체라는 것을, 그 남자는 자기 자신이라는 것을 깨달았다. 그리고 어둠의 커튼이 내렸고, 젊은 남자는 갑자기 뜬 눈을 통해 밖을 보았다. 끝없이 밀집한 사람들의 얼굴이 보였고, 증오에 찬 짐승 같은 울부짖음이 들렸으며, 몸 위로 그들의 인정사정없는 손찌검을 느꼈다. 그들의 주먹이 올라갔다 강력하게 내려오는 것이 보였고, 즉각적인 고통과 충격을 느꼈다. 그런 후 시야가 피의 바다로 어두워지면서 어둠 속에서 허우적대다 더 이상 아무것도 알 수 없었다.

○

아침 햇살이 베니션 블라인드의 반쯤 열린 셔터 사이로 호기심 어린 손가락을 찔러 넣어 그의 얼굴을 부드럽고 따뜻하며 자연스럽게 매만졌다. 그는 몸을 약간 움찔하고는 햇살에서 몸을 돌렸다. 침대 옆 전화가 울렸다. 놀라 벌떡 일어났다. 눈을 떴지만 아무것도 보이지 않았다. 남아 있는 꿈의 잔상을 떨쳐 버리려고 눈을 깜빡이고 머리를 흔든 후 수화기를 들었다.

"네?" 졸린 목소리로 중얼거렸다.

목소리가 울려 나왔다. "안녕히 주무셨습니까, 맥슬리 씨? 아홉 시입니다."

투덜거리며 수화기를 다시 내려놓았다. 몇 분 동안 침대 끝에 앉았다. 다리를 꼬고, 바로 앞을 응시하면서, 천천히, 힘들게 자신을 새 날에 적응시켰다. 따뜻한 층으로 켜켜이 쌓인 잠을 떨쳐내면서, 차갑고 맹렬하게 엄습해 오는 의식에 맞서 정신을 가다듬었다.

아서 맥슬리는 무심한 거북이처럼 차분하고 리드미컬하게 눈을 깜빡이며 방을 둘러보았다. 머리가 멍하니 지끈거렸다. 어젯밤 여기 자신의 아파트에서 혼자 마셨던 술의 퀴퀴한 뒷맛으로 입이 텁텁했다.

밤에 할 일을 찾아야겠어. 그는 생각했다. 여기 혼자 앉아서 술을 마시는 건 좋지 않아.

자기 자신을 혐오스럽게 바라보았다. 책상 서랍이 기울어진 채 열려 있었다. 쓰던 손수건, 때 묻은 넥타이와 양말이 옆쪽에 솟아올라 있었다. 마루 가운데에는 재떨이가 뒤집어져서 러그에 온통 재와 담배꽁초가 흩어져 있었다.

이 방은 내 영혼 같군. 그는 생각했다. 더럽고 난장판이야.

미소를 지었다. 지옥이 따로 없네. 혼잣말했다. 여기는 방이고 가정부가 오늘 아침에 청소하겠지만, 네 영혼까지 치워줄 순 없어. 네 영혼을 깨끗하게 해 줄 사람이 있을까?

하지만 오늘 아침에는 자신의 영혼에 대해 진지하게 관심을 기울일 수 없었다. 기억하기로는 지난 밤, 자신의 영혼에 대해 깊이 염려했다. 여기 이 방에 앉아서 술을 조금 마시고, 책을 읽고, 자신의 영혼에 대해 생각했다. 하지만 지난밤 일이었다. 지금은 아침이고, 그의 정신은 자기 성찰에서 급히 방향을 돌렸다.

공원을 산책해야겠어. 조용히 말했다. 조금 있다 옷을 입고 공원을 오랫동안 산책해야지.

깊게 한숨을 쉬고 시트 커버를 젖힌 다음, 맨발로 조용히 욕실로 향했다. 잇몸이 아파서 따끔거릴 때까지 이를 닦고, 얼굴에 찬물을 끼얹은 다음, 성긴 수건으로 몸을 힘차게 닦았다. 면도는 하지 않아도 괜찮을 것 같았다.

그런 다음, 거울을 쳐다보면서 자신의 얼굴을 다시금 의식했다. 천천히, 무심하게 살펴보았다. 마음에 들지 않았다. 어느 정도까지는 마치 타인의 얼굴인 양 무감하고 무정하게 싫어할 수 있었다. 하지만 영원히 거리를 유지할 수는 없었다. 자신의 내면이 외형적으로 잘못 나타나는 것에 대한 억울함이 언제나 마음에 사무치기 시작했다. 섬세하고 구부러진 손가락과, 창백하고 상당히 정상적이며 주름 없는 얼굴 피부와의 대조를 느끼며 손가락 하나로 얼굴을 찔러 보았다. 얼굴은 그의 젊음과 함께 빛나야 했으나 그렇지 않았다. 그는 거울에 비친 자신의 이미지를 비웃었다. 입술을 당겨 이를 내보이면서 반항적으로 웃었다. 그러고는 진지하게, 모든 흥미를 잃은 듯 멍하니 자신의 모습을 응시했다. 획 몸을 돌려 침실로 돌아갔다.

옷을 입으면서, 공원을 산책해야 한다고 다시금 자신에게 상기시켰다. 덧창을 내린 채 아침 내내 방 안에만 앉아 있는 것은 좋지 않았다. 생각하지 말아야 할 일을 생각했고, 기억하지 말아야 할 일을 기억했다. 자신에게 다가오는 질병을 보면서도 그것을 막는 조치를 취하지 않는 의사처럼, 그는 가끔 혼자 앉아서 자신이 기억하는 자기 모습을 보았다. 사람들은 그에게 떨쳐 버려야 한다고, 잊어야 한다고 말했다. 그리고 그는 그들의 말에 귀를 기울이고 동의했다. 하지만 그들의 충고를 따르려고 하면, 기이할 정도로 무력해졌다.

하지만 어젯밤 혼자 앉아 있으면서 자신에게 굳게 다짐했다. 자신 앞에 놓인 하루하루를, 측량하고 지도를 만들 듯 순간순간을 채워 나간다면, 파묻혀 기억할 틈은 나지 않을 것이다. 아침을 맞는다는 생각은 몹시 두려웠지만, 매일 아침마다 우선 공원을 산책하기로, 아주 오랫동안 산책하기로 결심했다.

자기 생각에도 터무니없긴 하지만, 아침에는 마음에 들지 않는 무언가가 있었다. 아침이 되면 매번 시간이 밤의 무덤에서 몸을 일으켜 땅 위를 활보하면서, 발이 닿는 곳 모두를 축축한 손으로 만지고 있는 것 같았다. 새벽이슬에서 나는 곰팡내와 악취는 잊혀진 집의 어두운 방에서 나는 퀴퀴한 냄새처럼 코를 괴롭혔다.

지금 그는 이러한 습관적인 혐오를, 스쳐 지나가는 생각처럼 던져 버렸다. 아파트를 나와 어두운 계단을 내려가는 동안, 슬리퍼를 단단히 신은 작은 발은 복도에 두껍게 깔린 카펫 위에서 아무 소리도 내지 않았다. 계단을 내려가면서 단조로운 오크 난간을 손가락으로 가볍게 만지자 순간적으로나마 일시적인 평안이 느껴졌다. 자신의 아파트를 좋아하지 않았지만, 긴 계단이 주는 어두운 친근감이 지나칠 정도로 보상을 해 주었기에, 계단을 결코 서둘러 내려가지 않았다.

내려가는 동안은 흐릿한 빛이 주는 익명성의 망토 안에서 자신을 의식하지 않을 수 있었고, 그는 어둠 안으로 스며들어가, 어떻게든 그 일부가 되었다.

계단 아래서 잠시 발을 멈춘 다음, 문을 열고 밝은 아침 속으로 서둘러 숨었다. 날씨는 전혀 춥지 않았지만—사실 더운 여름날 아침이었다—거리를 걸으면서 자신이 떨고 있다는 사실을 알았다.

거리에는 사람이 거의 없었다. 걷는 동안, 익숙하고 소름끼치는 순수한 고독감이 그를 집어삼키면서 다리에 힘이 빠지고 발걸음은 점점 생기를 잃었다. 가끔 사람들이 서둘러 그를 스쳐갔다. 눈에 보이지는 않지만 뒤뜰에서 놀고 있는 아이들의 웃음소리가 아침 공기를 타고 물결처럼 퍼지는 게 들렸다. 다른 쪽 거리에는 자동차의 엔진음이 들렸다. 하지만 이 모든 것이 그와는, 아서 맥슬리와는 상관없는 것 같았다. 그가 걷는 곳은 전부가 기이할 정도로 비인간적인 환경으로 이루어진 무의미한 시멘트 사막이었고, 왠지 모르게 위협하듯 둘러싸고 있었다.

아침에 어디로 가지? 자신에게 물었다. 뭘 하지? 하늘에 계신 우리 아버지께서는 이 아침에 해야 할 일을 주신다. 공원을 산책하는 것. 아버지께서는, 아버지께서는….

리드미컬한 문장이 스스로 반복되면서 머릿속에서 메아리쳤다. 그 문장을 조금 더 빠르게 말했다. 마치 그렇게 하면 그 문장이 사라질 것처럼.

하늘에 계신 우리 아버지, 하늘에 계신….

아버지, 아버지, 아버지. 혼잣말했다. 얼마나 추악한 단어인가.

그리고, 너무나도 갑자기, 자신이 공원에 가지 않으리라는 것을, 약속을 지키지 않으리라는 것을 알았다. 방향을 바꾸지 않고 공원 쪽으로 가고는 있었지만, 자신이 그곳에 가지 않으리라는 것을, 공원에 가지 못하게 막는 일이 있으리라는 걸 알았다.

미처 깨닫기도 전에 그것에 거의 다다랐다. 그게 무엇인지 알아보았고 기억했다. 자신에게 미소 지으며 조용히 말했다. 봤지? 거기에 가지 않으리라는 걸 알았잖아. 약속할 때부터 알고 있었잖아.

발길을 멈추게 한 것, 경로를 바꾸게 한 것은 블록 가운데 그 존재를 부끄러워하기라도 하듯 슬그머니 자리한 작은 카페였다. 전에 여러 차례 지나쳤지만 들른 적은 없었다.

하지만 지금은 경멸과 감사로 미소를 지으면서 의도적으로 그리로 향했고, 얇은 유리문은 손이 닿자 순순히 열렸다. 내부는 좁고 꽤 길었다. 카운터에는 노인 두 사람이 앉아 있었는데, 꼼짝도 하지 않은 채 두꺼운 커피 머그잔 위로 몸을 수그리고 있었다. 뒤쪽에 있는 테이블에는 주부의 일상복 같은 옷차림을 한 여자 두 사람이 오렌지주스와 토스트를 앞에 두고 속삭이듯 얘기하고 있었다. 그는 그들을 회의적으로 살펴보았다.

의자의 때 묻은 커버에서 빵부스러기들을 털어내고는 앞쪽 가까이 있는 테이블에 앉았다. 쭈글쭈글해진 메뉴를 집어 들고는 읽어보는 척했다. 시늉만 냈다. 살펴보는 게 불가능했기 때문이었다. 메뉴는 타자기로 찍은 것이었고, 먹지를 네댓 장은 대고 작성한 게 분명한 데다, 손님들이 만져서 낡고 번진 상태였다. 조심스럽게 코를 훌쩍이고는 메뉴판을 테이블에 던져 놓았다.

웨이트리스가 다가왔다. 그녀는 마치 다가올 시련에 대비해 힘을 모아두고 있는 것처럼, 어울리지 않게 느릿느릿 몸을 구부렸다.

"어서 오세요." 그녀는 사무적으로 말했다. 그가 보기에 그녀는 그 두 단어를 수백만 번 말해서 진절머리가 난 것 같았다. 작은 패드 위에 연필이 자리하고 있었다.

그녀를 싹싹한 눈길로 쳐다보았다. 대체 얼마나 기다려야 할까? 그는 생각했다. 얼마나 기다려야 그녀가 불편해져서 움직임을 보일까? 쥐를 데리고 노는 것 같았다.

하지만 웨이트리스는 꽤 오래 서 있으면서도 압박감이나 불편한 기색을 보이지 않았다.

마침내 그는 아주 또렷한 발음으로 신중하게 말했다. "커피 한 잔과 달걀 하나, 토스트 말고, 타바스코 소스 한 병이요." 그는 거드름 피우며 다시 자리에 앉아 그녀가 놀라기를 기다렸다.

하지만 실망했다. 그녀 얼굴의 지루한 표정에는 어떠한 움직임이나 변화도 없었기 때문이었다. 패드 위로 연필이 무심하게 움직였다. 그녀는 아무 말 없이 몸을 돌려서 구부정한 자세로 주방 쪽으로 돌아갔다.

생각에 잠겨 그녀의 뒷모습을 응시했다. 무례하군.

그는 생각했다. 더 이상 뻔뻔해질 수 없을 정도로 무례해. 시비를 걸 수는 없었다. 매니저에게 가서(이런 곳의 매니저는 어떤 사람일까?) 이 웨이트리스가 무례하다고 말할 수는 없었다. 이 웨이트리스는 내가 타바스코 소스와 함께 달걀을 주문했는데 놀라지 않았어요. 해고하세요. 그렇게 말할 수는 없었다. 그렇지만, 뻔뻔할 정도로 무례했다. 잠시 자신이 그녀의 고용주라는 환상에 빠져들었다. 잘 고른 몇 마디 예리한 말을 던지면 그 불쌍한 여자는 떨면서 그 앞에서 울겠지. 이 경고 한마디면 충분해, 미스 메뉴. 맥슬리 씨는 신사야. 제대로 대접받아야 해. 다음번에 맥슬리 씨가 타바스코 소스를 곁들인 달걀을 주문하면 당신은 놀라야 해. 알겠어, 미스 메뉴? 그리고 미스 메뉴. 전날 밤의 타락한 행동의 흔적을 없애려고 해 봐. 그게 전부야, 미스 메뉴. 이제 가 봐.

생각이 갑자기 끊겼다. 웨이트리스가 접시를 앞에 아무렇게나 내려놓고, 뜨거운 커피잔을 접시 옆에 놓았기 때문이었다. 그녀가 옆을 스쳐 지나갈 때 지난밤에 썼던 싸구려 향수 냄새를 확실하게 맡을 수 있었다. 냄새는 너무 강해서 아침 식사와 주방의 역한 냄

새로도 가려지지 않았다.

그는 거드름 피우듯 끙 하는 소리를 내고 그녀가 갈 때까지 나이프와 포크를 만지작거렸다. 음식을 먹어치울 준비를 했다. 하지만 음식 바로 위에서 갑자기 매혹되어 멈췄다.

금이 간 파란색 접시에서 달걀이 마치 모든 것을 다 아는 듯한 사악한 눈길로 그를 응시하고 있었다. 처음에는 그 환상에 매료되었다. 하지만 더 오래 응시하고 노란색 눈알이 그를 맞받아 볼수록 몹시 불편해졌다. 재빨리 눈을 깜빡였다.

미끈대는 흰색 구체에서 노란색 눈동자가 아직도 그를 무심하게 응시하고 있었다. 그는 타바스코 소스 병에 손을 뻗어, 타는 듯한 붉은 액체를 그 눈에 부었다. 갑자기 참을성을 모두 잃고 짜증을 내는 것마냥, 그 주변의 흰자는 놀라울 정도로 핏발이 선 채 액체처럼 움직이는 혈관의 연결망이 되어, 빈 공간을 거의 섬뜩한 무언가로 바꾸어 놓았다. 그것들은 마치 큰 고통을 겪고 있는 양 그를 비난하듯 쳐다보았다.

안간힘을 다해 시선을 돌리고 억지로 눈꺼풀로 눈을 덮고는 머리를 양쪽으로 힘차게 저었다. 자신을 비웃으려고 했다. 이 환상… 왜 그는 이 환상에 사로잡히는 것일까? 단지 달걀, 단순한 물체일 뿐이고 그의 상상(상상일 뿐이다)이 잠시 그를 생각에 잠기게 만들었다….

커피잔을 들어 입술에 갖다 댔을 때, 손이 떨리고 있는 것을 약간 놀라며 알아챘다. 팔꿈치를 테이블 위에 놓으면서 할 수 있는 한 최선을 다해 떨림을 진정시켰다. 조심스럽게 한 모금 마셨다. 액체가 입술을 화끈거리게 하면서 혀와 목구멍을 태웠다. 하지만 기분은 좀 나아졌다. 커피를 내려놓고 다시 달걀을 쳐다보았다. 달걀의 모습은 더 이상 섬뜩하지 않았다. 달걀이 섬뜩할 수 있다는 생각 자체가 터무니없었다. 하지만 지금 먹을 수는 없었다. 추잡하고 더러울 것이다. 그 생각에 가까이 할 수 없었다.

그리고 갑자기 자신이 이 작은 카페의 분위기 때문에 우울해지고 있다는 사실을 알았다. 뒷방에서 접시들이 쨍그랑거리는 소리, 보이지 않는 발들이 끌리는 낮은 소리, 카운터에 허리를 구부리고 있는 두 남자의 노망난 중얼거림, 여자들의 기계적인 수다, 카페의 일상 중 하나인 알아들을 수 없는 작은 소리들을 들을 수 있었다. 귀를 기울일수록, 이 소리들은 원시적이고 단조로운 리듬으로 합쳐져 신경을 거슬리게 했고, 그로 하여금 안절부절못하고 의자에서 꼼지락거리게 했다. 자리에서 카페의 전면 유리창을 통해 문 밖을 볼 수 있었고, 그것들, 그를 뒤덮는 햇빛과 이 내부의 어둑함은 그가 보기에는 똑같이 강력해서 파괴할 수 없는 무기를 가지고 서로를 정복하려고 하는 두 적수 같았다. 그는 그럴 마음이 없었음에도 이 싸움에 말려들었다.

이제 자신이 왜 이곳에 왔는지 정확히 기억할 수 없었다. 공원과 관련이 있었다. 그래, 여기 들어오면 공원을 산책할 수 없지. 하지만 뭔가 다른 게 있는 것 같았다. 아침을 먹고 싶지는 않았으니 허기 때문은 아니었다. 아니면 그랬을 수도 있다. 아마도 그의 몸과는 관계없는 허기일 수도 있었다. 어쩌면 거울에 의해 틀이 잡힌 게 아닌 이미지, 그의 눈을 들여다보며 반짝이는 낯선 얼굴, 그를 감싸고 있는 외로움의 껍데기를 창처럼 꿰뚫을 수 있는 목소리에 대한 허기일지도 모른다. 그리고 그가 발견한 유일한 얼굴, 유일한 눈, 유일한 목소리는 색 바랜 녹색 유니폼을 입은 행실

지저분한 웨이트리스의 것이었다. 그를 알지도 못하고, 만날 수도 없으며, 음식을 주문하고 먹는 입으로만 그를 보는 웨이트리스.

지금의 비참한 상황 때문에 자신이 아까 그 웨이트리스에 대해 가졌던 혐오와 무례함을 잊었다. 왜 그녀는 좀 더 친절하지 않았지? 왜 그녀는 그에게 미소를 짓지 않았지? 왜 유쾌하게 말하지 않았지?

마침내 그는 한숨을 쉬었다. 할 수 없지. 그는 생각했다. 어쩔 수 없지.

주머니를 뒤적여 지폐를 꺼내 테이블 위에 내려놓았다. 일어섰다. 장거리를 달린 것처럼 다리에 힘이 없었다. 문을 밀고 나가 눈을 가늘게 뜨고 해를 보며 인도에 잠시 서 있었다. 터벅터벅 거리를 걸었다.

길모퉁이에는 버스 정류장과 대기용 나무 벤치가 있었다. 늘어진 천처럼 벤치에 몸을 걸쳤다. 축축한 공기가 폐로 들어오면서 가빴던 숨이 진정되기 시작했다. 움직일 수 없었다.

꽤 오랫동안 거기 앉아 있었다. 오렌지색과 노란색의 큰 버스가 거리를 느릿느릿 내려와 그가 있는 쪽으로 향하더니 마지못해 그 앞에 정지했다. 그는 잠시 버스를 쳐다보았다. 그의 눈은 무표정하고 멍했다. 운전사는 무거운 공기 사이로 들릴 정도의 욕설을 내뱉고는 화가 나서 차를 움직였다.

아서 맥슬리는 깊은 잠에서 깬 것처럼 머리를 흔들었다. 아주 연로한 노인과도 같이 피곤한 몸짓으로 자리에서 일어났다. 아무 생각 없이 기계적으로, 왔던 길을 되돌아 아파트 쪽으로 걷기 시작했다.

내일은. 혼잣말했다. 내일은 약속대로 공원을 산책할 거야. 해야 할 일이야. 하늘에 계신 우리 아버지께서 이 아침을 주셨어. 하늘에 계신 우리 아버지. 우리 아버지. 우리….

아버지. 그는 생각했다. 그냥 단어 하나일 뿐이야.

○

　그는 아주 크게 놀라 방향을 바꿨다. 거대한 적갈
색 사암 아파트 건물이 눈앞에 불쑥 솟았다. 덧문은
열려 있었고 커튼이 한쪽으로 밀려 있었기 때문에 창
문의 무기력한 시선이 드러났다. 계단을 올라가 안으
로 들어가는 동안 창문은 반감으로 약간 찡그리면서
음흉하게 그를 내려다보았다. 우편함에 잠시 멈춰 서
서는 얇은 편지 다발을 꺼냈다. 그는 편지들을 더 살
펴보지 않고 어두운 계단을 지나칠 때의 오래된 의식
인, 우울의 정화를 준비했다.

　방으로 돌아왔을 때, 자신이 없는 동안 카펫은 깨
끗이 청소되었고 널려 있던 옷들은 의자에서 치워졌
다는 것을 알아챘다. 거실과 침실로 연결된 문은 조심

스레 절반 정도 열려 있었고, 거기에 새로 자리 잡힌 질서를 볼 수 있었다.

만족감에 미소를 지었다. 창가로 의자 하나를 당겨 조심스럽게 각도를 조정하고 햇빛이 한쪽 어깨 위로 지나가게 했다.

편지를 천천히 살피면서 숨 사이로 콧노래를 불렀다. 각 편지마다 바로 개봉할지, 아니면 나중으로, 더 중요한 편지(그런 편지가 있다면)를 읽고 난 뒤까지 미뤄둘지 깊이 생각하는 것처럼 오랫동안 시선을 두었다. 편지는 기본적으로는 늘 똑같았다. 대학에서 온 안내장, 독서 클럽 소식지, 몇몇 잡지, 인간미라고는 없는 콘서트와 강연 초대장, 한때 속했던 문학 동호회의 난해한 공지사항. 모두가 일상적이고 정기적이며 예상 가능한 것들이었다.

깊게 한숨을 쉬고 편지들을 떨어뜨려 옆 바닥에 흩어지게 했다. 반대쪽 두꺼운 벽을 뚫기라도 할 듯 응시했다. 특별한 일 없었던 아침을 되돌아보고, 이어질 오후를 더 침울하게 생각했다. 스태포드 롱과 점심 식사, 아마 오후에 영화를 보고, 술을 몇 잔 마신 뒤 아파트로 돌아와, 제대로 읽지 않을 책을 보고, 술을 몇 잔 더 마시겠지. 그리고… 일상적이고 정기적이며 예상 가능한 일들.

문에서 조심스러운 노크 소리가 들렸다. 그는 지친 듯 "들어와요." 하고 소리칠 수 있을 정도로만 자리에서 일어났다.

그가 있는 쪽으로 문이 열리더니 손 하나가, 그러고는 팔뚝이 그 틈 사이로 들어왔다. 얼굴 하나가 안을 훔쳐보더니 낮은 목소리로 말했다. "맥슬리 씨, 바쁘신가요? 들어가도 될까요?"

그는 의자에서 뛰어오르듯 일어났다. "물론이죠, 주디, 물론이에요." 그가 말했다. "어서 들어와요."

그가 주디라고 부른 여자, 먼지 방지용 캡을 성긴 머리에 비뚜름하게 쓰고 너덜너덜한 깃털 빗자루(그녀만의 상징이었다)를 움켜쥔 여자가 안으로 들어와서 그 앞에 섰다.

"아, 주디." 그가 유쾌하게 말했다. "오늘 아침엔 기분이 어때요?"

그녀는 입술을 핥고는 그를 보고 웃었다. "드릴 게 있어요."

그는 애매하게 웃으며 그녀에게 조금 더 가까이 다

가갔다. "그래요? 뭔데요?"

그녀는 다시, 좀 더 활짝 웃었다. 이 두 개가 잠깐 보였다. 하나는 검은색, 다른 하나는 아주 누런색인 이가 나란히 있었다. 그는 시선을 돌렸다.

"이십오 센트 주시면 드릴게요."

게임이군. 그는 생각했다. 게임이야.

"이십오 센트요? 이십오 센트. 내가 안 주면요?"

"그럼 선생님께, 이걸 안 드릴 거예요."

하지만 그는 그녀가 말하는 동안 등 뒤에서 팔을 움직이고 있다는 것을 눈치챘다. 게임의 결말을 보여주는 것이었다. 그는 빠르게 웃고는 그녀 쪽으로 움직였지만 아주 갑작스럽지는 않아서 그녀가 뒤쪽으로 몸을 뺄 시간은 충분했다.

그녀는 머뭇거리며 미소를 지었다. "그러시면 안 되죠, 맥슬리 씨. 이십오 센트를 주셔야죠."

"이십오 센트." 그가 말하고는 다시 무정하게 웃었다. 그들은 잠시 서로를 탐색하며 거기 서 있었다. 그런 후 그는 여전히 웃으며 그녀 쪽으로 몸을 던졌다. 그녀의 어깨를 잡고는, 등 뒤로 감춘 팔과 손을 당길 정도의 압박을 가하지는 않으면서, 자기 쪽으로 서투르게 당겼다. 둘은 기계적으로, 잘난 체하듯 웃으면서 잠시 실갱이했다. 그녀는 그가 조심스럽게 잡고 있는 손 밑에서 몸을 비틀면서 몸을 그 쪽으로 밀고 당겼다. 그는 빈손을 들어 올리다 손등으로 부주의하게 그녀의 가슴을 쓸었다. 단지 우연이었을까? 아니면 그녀가 잠시 힘을 빼서였을까? 확신할 수 없었다. 확실하게 하려고 잡은 손을 갑자기 놓았다. 그녀는 그의 팔에서 빠져나와 반대쪽 벽으로 물러났다.

그는 잠깐 동안 매우 실망했다. 하지만 생각했다. 어쩌다 갑자기 움직였겠지. 그렇게 급히 물러날 생각은 없었을 거야. 그녀의 눈 안에서 답을 읽으려 했지만 아무것도 볼 수 없었다. 그녀는 얼굴에 똑같은 웃음을 띠고, 같은 눈으로, 기다리면서 앞에 서 있었다.

하지만 그는 게임이 끝났다는 걸 알았다. 주머니에 손을 쑤셔 넣어 동전 하나를 꺼내서 그녀 쪽으로 걸어갔다.

"당신이 이겼네요, 주디." 실제보다 더 지친 척하면서 숨을 헐떡였다. "당신이 이겼어요."

그녀는 등 뒤에서 손을 빼고는 편지를 한 통 보여주었다. "오늘 아침 선생님이 외출하신 동안에 왔어요. 심부름꾼에게 이십오 센트를 줬어요. 잘했죠?"

"아주 잘했어요." 그는 그녀가 내민 편지를 받아들고는 보지도 않고 코트 주머니에 집어넣었다. 그녀의 손 하나를 잡고 동전을 손바닥에 누른 다음, 손가락을 그 위로 감고, 손가락 관절의 살들을 집요하도록 부드럽게 주물렀다. 그녀가 손을 뺄 때까지 기다렸지만 그녀는 움직이지 않았다. 그는 입술을 축였다.

"가기 전에 시키실 일이 있나요?" 그녀가 부드럽게 물었다. "청소라도?"

그는 필사적으로 생각했다. 이건 신호일까?

하지만 갑자기 그건 더 이상 중요하지 않았다. 다시 피곤해졌고 자신에게 화가 났으며, 수치스러웠고 몸이 조금 아팠다. 그녀의 손을 놓았다. 그녀에게서 몸을 돌려 방 한가운데로 가, 고개를 숙인 채 눈으로 의미 없이 러그의 패턴들을 따라가면서 서 있었다.

"아니요." 그가 말했다. "아니요. 아무 문제없어요, 주디. 전부 괜찮아요." 아파트를 가리키며 손을 흔들었다. "고마워요."

"좋아요, 맥슬리 씨." 그녀가 문 쪽으로 돌아가며 말했다. "언제든지…."

"고마워요." 그가 말했다. 고개를 들었을 때 그녀는 사라지고 없었다.

창가 근처 의자로 걸어가 앉았다. 떨어뜨린 편지들을 정돈된 더미에 발로 밀어 넣으려고 했다. 그때 주디가 가져왔던 편지가 기억났다. 주머니를 더듬어 꺼냈다. 편지를 무심하게 흘깃 보았다. 평범하고 좁은 흰색 봉투였다. 흰색 바탕에 그의 이름이 짙은 검은색 줄의 패턴을 이루며 두드러지게 쓰여 있었다. 편지를 응시하다가 눈이 휘둥그레졌다. 심장 박동이 고통스럽게 느껴지기 시작했다. 두꺼운 스틱으로 가슴의 드럼을 치는 것 같았다.

병적으로 서두르지 않으려고 애쓰며, 떨리는 손가락으로 편지를 찢고 거의 조각날 지경이 될 때까지 좁은 틈을 할퀴었다. 편지지가 그의 손안에서 불안하게 춤췄다.

목구멍이 마르고 뜨거웠다. 빠르게 숨을 쉬었다. 읽는 동안 몇 차례 시선을 돌리고 눈을 깜빡여야 번진 인쇄물을 계속 이해할 수 있었다.

"사랑하는 아들아." (편지에 그렇게 쓰여 있었다.) "우선 이렇게 오랫동안 편지를 보내지 못한 걸 용서해 주기 바란다. 지금쯤이면 너도 내가 편지를 자주 보내지 못 한다는 것을 알겠지. 사업 때문에 시간이 너무 없어서 편지 쓸 시간을 내기가 힘들다.

남미에서의 사업은 꽤 잘 되어간다. 세계의 절반을 돌아다닌다는 게 바보 같은 짓일지도 모른다. 하지만 사업을 그냥 방치해 두는 위험을 감수할 수는 없단다. 부에노스아이레스에서 편지를 썼다만 네가 받았는지 모르겠구나. 답장이 없었으니.

열흘 전인 십이 일에 샌프란시스코에 입항했다. 돌 아오니 좋구나. 일 년 반은 너무 긴 시간이었다.

정기적으로 연락하지 못하더라도 네 생각을 자주 한다는 것은 알아 주기 바란다. 돈 문제로 곤란을 겪 지 않았으면 한다. 매주 너에게 수표를 보내라고 마스 터스에게 지시해 두었다. 필요한 게 있으면 그에게 연 락하면 된다는 것도 알려 주라고 했다. 마스터스가 이 일을 모두 만족스럽게 처리했길 바란다.

일 년 중 가장 좋은 시기인 초여름에 돌아왔구나. 정말 기분이 좋다.

두 달 정도 미국에 머물다가 다시 떠날 예정이다. 이번 목적지는 봄베이다. 인도 지사가 생각만큼 잘 돌아가지 않고 있는데 바로잡을 수 있을 것 같긴 하다. 돌아가는 게 두렵긴 하지만 필요한 일이다.

여기 며칠 더 있을 예정이다. 지금 리젠시 호텔에 머물고 있다. 이번 주 언제라도 오후에 저녁을 함께하고 싶다면 이리로 전화해라. 다시 만나서 얘기할 수 있다면 정말 좋겠다."

그리고 이렇게 서명이 되어 있었다. "아버지, 홀리스 맥슬리."

편지를 다 읽고 한참 동안 의자에 꼼짝 않고 앉아 있었다. 타자기로 친 편지가 손가락에 느슨하게 매달려 있었다.

왜 아버지는 모든 걸 다시 되돌리려고 하지? 그는 생각했다. 한참 전 일로 기억하는데.

어둡고 반갑지 않은 생각의 위협적인 구름을 떨쳐 버리려고 갑자기 일어나 머리를 흔들었다. 굳이 애쓰지 않아도 삼 년 전 마지막으로 만났던 아버지의 모습을 떠올릴 수 있었다. 하지만 일부만 기억났다. 아버지의 이미지를 완전하게 현실화할 수 없었다. 깔끔한 회색 양복과 넓게 벗어진 창백한 이마. 그것이 그가 기억할 수 있는 최대한이었다. 나머지는 흐릿했다.

만일 잊은 게 아니라면, 적어도 의도적이고 습관적인 힘에 의해 가려진 것이다. 아버지의 기억에 대해 너무 깊게 생각하는 것을 꺼렸다. 그 기억에서 또 다른 환상이, 익숙한 악몽이 생겨나기 시작하기 때문이었다. 그 방에 있는 어머니가, 어머니의 얼굴이….

초조하게 마루를 걸었다. 편지를 다시 접은 다음 손바닥에 톡톡 두들겼다. 왜 아버지는 전화를 하지 않고 편지를 보냈을까 잠시 생각해 보았다. 그리고 기억해 냈다.

냉혹한 미소를 지었다. 보스턴에서 보낸 겨울이 기억났기 때문이다. 지나온 세월 중에서 그래도 좋았던 때였다. 대학에서 새로운 삶의 방향, 새로운 얼굴들, 배워야 할 것들에 적응하느라 바빴던 머리를 식혀야 했다. 심지어 지금 여기, 이 더운 여름날 아침 여기 멀리 떨어진 아파트에서도 보스턴의 그 겨울을 생생하게 기억할 수 있었다. 대학 운동장의 장중하고 멋진 풍취. 오래된, 오래된 나무들과 야드[3]에 있는 건물들의 엄격한 무정함을 기억할 수 있었다. 기억의 굴뚝을 올라가면 전부 사라져 버린, 이름 없고, 알려지지 않

---

3. 하버드 대학에서 가장 오래된 구역.

고, 잊혔지만 친숙한 얼굴들이 맴돌았다.

보스턴에 있는 게 좋았다. 음산한 날들이 느리고 따분한 규칙성을 가지고 이어졌기 때문이었다. 매일 매일이 전날과 거의 똑같았고, 쾌적하고 무심한 단조로움 속에는 어떠한 변화의 조짐도 없었다. 행복하지도 불행하지도 않았던, 생각하지도 않고 생각할 필요도 느끼지 않았던 일종의 비현실적인 삶이었다. 그 삶이 결코 변하지 않기를, 그러한 변함 없는 패턴 속에서 삶을 끝내기를 의식적으로 자주 바랐다.

하지만 그러한 삶이 끝나는 날이 왔다. 그의 모든 게 끝장나듯 갑자기, 고통스럽게, 구역질 나게 막을 내렸다.

그날은 비가 왔다. 아주 확실하게 기억할 수 있었다. 비가 가볍고 젖은 끈처럼 도시를 감싸며 찰싹거리는 소리를 다시 들을 수 있을 정도였다. 비는 자신의 부드러운 후려침 아래서 참을성 있게 웅크리고 있는 도시를 가차 없이 회색으로 만들고 꼼짝 못하게 했다. 그는, 그 자신은 안전하고 조용한 상태로 독방에 있었다. 그렇게 앉아서, 몇 시간 동안 앉아서, 말 털 클럽 체어[4]에 무기력하게 앉아 가볍게 떨리는 불꽃을 응시

---

4. 키가 낮고 묵직한 안락의자.

하며(사실은 제대로 보고 있지 않았다), 그만의 따뜻하고 답답한 작은 세상에서 아무 생각도 없이 평화롭게 있는 동안, 기분 좋은 온기가 몸을 덥혀 주었다.

그러던 중 전화기가 울렸다. 그리고 그 신경 거슬리는 불쾌한 소리에 놀라 두려워하며 의자에서 튀어 일어났다. 잠시 서 있었다. 받고 싶지 않았다. 따뜻한 의자와 난롯가로 돌아가 아무 생각 없이, 무례하게 방해받은 공상에 다시 빠져들고 싶을 뿐이었다. 하지만 전화는 계속해서 집요하고 새된 소리로 울리고 있었고, 그 소리를 무시할 수 없다는 걸 알았다. 방을 가로질러 걸어가 수화기를 들고 말했다.

"맥슬리입니다."

당연히 아버지에게서 온 전화였다. 이제 그는 그 친숙하고 증오하는 목소리를 들었을 때의 충격을, 부끄러움이나 후회 없이, 마치 다른 사람에게 일어난 일처럼 기억할 수 있었다. 왜냐하면 그 말투, 또는 음색—정확히 그게 무엇인지 몰랐다—이 기억의 화음을 때렸기 때문이다. 그리고 마치 어둠 속에 있던 야수처럼, 그 폭력적인 장면의 폭력적인 이미지처럼, 경고도 없이 그에게 달려들었다. 그의 이름 없는 작은 방에서 어머니와 아버지가 서로 마주 보고 있는 것을, 머릿속 가장 어두운 곳에서 지워낼 수 없었던 그 끔찍한 장면이 재현되는 것을 보았다. 그것은 너무나 현실적이고 가까워서 목구멍이 갑자기 쪼그라들었고 비명을 질렀다.

두려움에 차서 수화기를 던져 버렸던 것을, 손으로 자신의 눈을 때렸던 것을, 목이 쉬어 마비되고 바닥에 웅크려 숨을 못 쉴 때까지 계속해서 하나의 단어, "어머니, 어머니, 어머니."를 비명처럼 질러댔던 것을 흐릿하게 기억했다. 한참 뒤에 사람들이 그런 상태의 그를 발견했다. 사람들은 어찌해야 할지 몰라 매우 두려워했다. 아버지에게 연락했고 그가 보스턴으로 왔다. 의사들이 왕진 왔고, 오랫동안(몇 시간이 아니라 며칠이었다는 것을 나중에 알았다) 기다린 후에야 얼룩진 어둠이 걷히고 그는 다시 의식과 자각 속으로 던져졌다. 그 후로는 아버지를 보지 못했다. 직접 듣지는 못했지만, 의사들이 아버지에게 그를 다시 보거나 화나게 하지 말라고 경고했다는 것을 알았다. 아버지의 변호사가 매주 보내 주는 수표만이 아버지의 존재를 상기시켜 주었다. 이 편지까지는. 오늘까지는.

이제 삼 년이 지나, 이 더운 여름날 아침, 그는 아파트에 앉아서, 왜 아버지가 전화로 연락하지 않았는지 이해하면서, 다 안다는 듯한 미소를 지었다.

편지를 다시 쳐다보았다. 그러고는 구겨서 바닥에 던졌다.

침실로 가 옷을 다 입은 채 큰대자로 누웠다. 하지만 휴식은, 그가 찾는 망각은 오지 않았다. 침대의 부드러움은 몸을 편안하게 해 주었지만, 그 편안함은 그의 마음, 기억에는 자극만 될 뿐이었다. 그는 육체에 대한 의식을 놓쳤다. 그는 생각과 사색 그 자체, 보이지 않는 공간을 떠도는 해체된 에너지였다.

침대에 누운 채 마치 다른 세상에 있는 것처럼 생각했다. 그 허스키한 목소리로 조심스럽게 말하는 것을 다시 듣는 것은 어떤 느낌일지, 아버지를 보고 아버지의 목소리를 들으면 어떤 기억이, 깊이 감춰졌던 어떤 이미지가 깨어날지 궁금했다. 암묵적인 비밀 속에, 그의 어두운 망각에 뒤덮인 무언가가 다시 전부 되돌아올까? 아주 작은 빛, 물리쳤던 기억의 충격이 어둠에 뒤덮인 그림자를 떨쳐낼까? 그 작은 빛이 눈을 멀게 할 정도의 빛의 창으로 자라나 그의 기억의 피부를 찢고 떼어낼 수 있을까?

생각의 흐릿한 트라우마에서 아버지의 놀랍도록 선명한 이미지가 천천히 떠올랐다. 불과 조금 전만 해도 숨겨진 기억에서 아버지의 아우라를 축약된 이미지로 억지로 나타나게 할 수 없었지만, 지금은 어슴푸레했던 윤곽이 채워지기 시작해 형태와 힘이 생겨났으며, 조금씩 아주 조금씩, 거의 잊고 있었던 아버지의 형체와 자세를 구별해낼 수 있었다. 몇 가지가 다시 생각났다. 아버지가 빠르게 움찔하듯 미소 짓는 모습, 윗입술을 깨무는 작은 습관, 넓고 이상할 정도로 주름 없이 벗어진 이마. 그의 사라졌던 무의식에 따뜻한 감정의 물결이 스며들었다. 낯선 따뜻함, 아주 오랫동안 아버지에 대해 느끼지 못했던 그 무엇이었다.

내부에서 그 따뜻함이 흐르는 상태로 머리의 팽팽한 긴장을 풀면서 침대에서 일어나 방을 가로질러 걸었다. 갑자기 자신이 무엇을 할 것인지, 무엇을 해야 할지 아주 확실하게 알 수 있었다. 하지만 아직도 이 행동을 하는 건 절대 그 자신이 아니라 다른 누군가인 것 같았다.

침대와 전화기 사이에는 무한한 공간이 있었다. 그

리고 그는—천천히, 어쩔 수 없이—그 공간을, 무중력 상태처럼 시간과 공간을 넘어 떠돌 듯 가로질렀다.

행동에 들어가기 전에 잠시 정확한 순간이 언제일지 기미를 보면서 전화기 위를 맴돌았다. 수화기를 들었을 때, 거의 무게가 나가지 않는 것을 알고 다소 놀랐다. 입술을 핥은 후, 수화기를 귀에 대고, 교환원에게 번호를 물어보고는, 목소리가 나오기를 기다렸다.

"리젠시 호텔이죠? 홀리스 맥슬리 씨와 통화하고 싶은데요." 잠시 말을 멈췄다. "네, 기다릴게요."

딸깍 소리가 났다. 침묵이 흘렀다. 이제 그 순간이다. 지금이다. 하지만 아니었다. 다시 그 부드러운 목소리, 그 낯선 목소리가 말했다.

"죄송합니다만 맥슬리 씨는 지금 안 계십니다. 메시지를 남기시겠습니까?"

잠시 그는 무슨 말을 해야 할지 몰랐다. 아버지가 계실 거라고 확신하고 있었다. 부재중일 가능성은 고려조차 하지 않았다. 할 말을 찾지 못했다.

"선생님, 아직 계십니까?"

아, 물론이지. 아직 있어. 메시지를 남길 수 있을까?

"아들이 전화했다고 전해 주세요. 오늘 저녁에 식

사할 수 있는지도요. 네, 리젠시 호텔에서 일곱 시에
요. 식당에서 만나겠다고 해 주십시오. 네, 그게 다입
니다. 감사합니다."

극도의 실망감을 느끼며 수화기를 내려놓았다. 아
버지의 목소리를 듣는 것을 두려워해 왔지만, 막상 들
을 수 없게 되자 실망했다. 그리고 실망하기 시작하자
공포가 찾아왔다. 이제 발걸음을 내딛자 다시금 두려
워졌다. 자신이 움직이기 시작한 고요한 물이 빠르게
밀려오는 것을 견뎌야만 했다.

움직이지 않고 한동안 앉아 있었다. 이마에 깊은
주름을 만들면서 가늘게 눈을 뜨고 바닥을 내려다보
았다. 자리에서 일어나, 주먹을 쥐었다 풀었다 하고,
축축한 손바닥을 바지 엉덩이 부분에 문지르면서 초
조하게 방 안을 서성였다. 어깨를 으쓱했다. 욕실로
가 세면대 위 약장을 열었다. 반도 채 남지 않은 일
파인트 위스키 병을 꺼냈다. 약장 문을 닫고 거울에
비친 자기 모습을 잠시 바라보았다. 병의 코르크 마개
를 뽑고 병목을 입술에 대기 시작했지만 동작을 멈췄
다. 약장 아래 욕실 장을 더듬어 유리컵을 찾아내 자
세히 들여다보았다. 유리컵은 탁하고 약간 먼지가 끼

어 있었다. 수도꼭지를 돌려 물이 흰 세면대에 갑자기 부딪히는 소리를 들었다. 더운물이 나올 때까지 기다렸다가 유리컵을 수돗물 아래 밀어 넣고 처음에는 더운물로, 그다음에는 찬물로 구석구석 닦았다. 수도꼭지 두 개를 다 잠그고 위스키를 반짝이는 유리컵에 소리 내어 따랐다. 위스키의 코르크 마개를 다시 끼우고 약장에 올려놓았다. 들고 있는 액체를 쳐다보았다. 몸서리를 쳤다. 거울에 비친 자신의 모습을 한 번 더 흘낏 본 다음 눈을 감고 위스키를 삼켰다. 몸이 뒤틀리고 숨이 막혔다. 토할까 두려워 잠시 세면대에 몸을 지탱했다. 그런 후 마지막으로 경련과 함께 눈을 뜨고 거울을 쳐다보았다. 갑자기 낯설고 새로워진 이미지를, 즉시 알아볼 수 없게 된 얼굴을, 아직 입가에 새겨진 찡그린 흔적을 쳐다보았다. 깜박이는 눈은 축축했고, 약간 충혈되어 있었다. 시선을 돌렸다. 침대로 돌아가 털썩 앉았다. 다리와 몸의 각도에 맞게 느슨하게 감싼 자신의 손을 보면서 귀에서 기분 좋은 윙윙거림이 시작될 때까지 기다렸다.

○

  의식 한쪽 끝에 모인 이미지가 모습과 형태를 나타
냈다. 마치 맑은 하늘에 구름 덩어리가 모여 뒤틀리면
서, 한때 알았고 결코 잊을 수 없는 친숙한 얼굴을 상
기시키는 것 같았다.

  깜빡 잠들었던 게 분명했다. 사진에 대한 생각이
마치 육체적인 타격처럼 갑자기 떠올라 깜짝 놀라며
침대에서 일어났고, 자신이 움직이고 있다는 사실도
제대로 인지하지 못한 채 방 가운데로 걸어갔기 때문
이다.

  그리고 자신이 꿈을 꾸고 있었던 게 분명하다는 걸
깨달았다. 실제로 그는 여러 달 동안 사진을 생각하지
않았다. 사진을 상기시키는 가장 작은 것마저 피하는

데 거의 성공하고 있었다. 하지만 이제 기억이 밀려들었다. 마치 너무나도 오랫동안 댐에 갇혀 저지되었던 홍수가 무시무시한 힘과 가속을 얻은 것 같았다. 이제 아버지에게서 온 편지는 거대한 열쇠처럼 댐의 문을 열었고 그는 맹렬한 소용돌이에 휩쓸렸다.

비틀거리며 욕실로 갔다. 익숙한 행동을 하면 비몽사몽간의 기억이 가져다 준 불안이 씻기리라 생각하면서 두 손 가득 찬물을 담아 얼굴에 끼얹고 또 끼얹었다.

침실로 돌아왔을 때, 사진이 있던 서랍장에 시선을 두지 않도록 극히 주의했다. 사진은 보이지 않게 실크 스카프에 싸여 제일 아래 서랍에 있었다. 의식적인 무시였다. 의도적으로 서랍장을 보려 하지 않았다. 전에 생각했던 것보다 훨씬 더 어려웠다. 한쪽 구석에 서 있자 서랍장이 점점 더 커지면서 그를 위협해 방에서 밀어내는 것 같았다. 시선을 러그에 똑바로 둔 채 마루를 걷고 있는 중에도 그 직사각형 모양의 오크 악마를 곁눈질로 여전히 볼 수 있었다.

방 가운데에서 의자를 끌고 와 창문 앞에 놓고 앉았다. 하지만 그조차 헛수고였다. 밖에 있는 관목을 오래 응시하면, 그 관목은 점점 부풀어 오르고 색깔이 변하면서, 무시하려고 했던 바로 그 이미지의 형태와 성질을 갖추기 때문이었다. 이 현혹하는 장면에 눈을 감으면, 그로 인한 어둠이 형체 없는 빛의 자취를 조금씩 움직였고, 그 자취는 어느새 하나의 덩어리가 되고, 그 덩어리는 명확한 형체가 되었다. 그리고 본의 아니게 서랍장의 형태를 알아보게 되고 만다.

마침내 한숨을 쉬었다. 의자에서 일어나 패배감에 억지로 방을 가로질렀다. 성당 앞에서 축성하듯 바닥에 무릎을 꿇고 제일 아래 서랍을 당겨 열었다. 쌓인 옷들을 한쪽으로 민 다음, 손가락이 실크로 싼 인물 사진의 둥글고 단단한 부분에 닿을 때까지 아래로 손을 밀었다. 주위의 물건들에서 조심스럽게 끌어낸 다음 빛 속으로 꺼냈다. 무릎이 의자에 닿을 때까지 비틀거리며 방을 가로질렀다. 자신이 발견할 것을 두려워하듯 머뭇거리며 실크 스카프를 풀었다. 사진은 얼굴을 아래로 한 채 무릎에 놓였다. 극단적으로 조심스럽게 스카프를 갠 다음 옆 테이블에 놓았다.

액자의 흰색 뒷면이 거미줄 같은 균열을 보이기 시작하는 것을 알아챘다. 떨리는 손으로 사진을 들어 뒤집었다. 그리고 나타난 얼굴과 마주쳤다.

손가락 끝에서 시작한 익숙한 따끔거림은 빠르고 불규칙적인 파도처럼 왕복하면서 팔부터 그의 몸 모든 부분까지 올라갔다. 자신이 숨을 참고 있다는 것을 깨달았다. 갇혀 있던 공기를 폐에서 내보내며 천천히, 신중하게, 가능한 한 조용히 숨을 쉬었다.

손에 들고 있는 것은 여인의 얼굴이었다. 엷은 머리카락이 머리 주변에 후광처럼 잔잔하게 포개져 있었다. 정말로 아름다운 표정이었고 사진사는 (그럴 의도는 없었겠지만) 그 얼굴에서 뭐라 이름 짓기 어려운 희귀하고 찾기 어려운 것을 포착했다. 부서질 듯한 종이에서 걱정스러워 보이는 눈이 그를 응시하고 있었다. 강렬하지만 부드러운 눈으로 말없이 계속 그를 보았다. 매부리코인 섬세한 코와, 콧구멍은 도톰한 윗입술 위에 약간 치솟아 있었다. 큰 입 모서리는 반쯤 미소를 짓는 것처럼 비웃는 듯 부드럽게 미묘하게 말려 올라가 있었다.

그는 한참동안 아무것도 느끼지 못하고, 아무것도 기억하지 못한 채 사진을 쳐다볼 수밖에 없었다.

한참 뒤 다시 생각을 할 수 있게 되자, 눈을 뜨고

창밖을 내다보았다. 인도의 거친 시선이 어느덧 사라 졌다. 앞에는 지저분하게 늘어선 집들도, 마음을 산란 하게 하는 돌출된 도시 풍경도 없었다. 그의 눈은 이 러한 것들을 넘어 잃어버린 시간의 푸른 실안개에 초 점을 맞추고 있었다. 꼼짝 않고 앉아 있는 동안, 유연 한 손가락은 계속해서 다른 존재처럼 동그랗게 감겨, 사진을 극도로 섬세하게 탐색하면서 부드럽게 어루 만졌다.

마음과 기억 속에서 시간을 거슬러 올라갈 수 있었 다. 잃어버린 날들이 있는 곳, 이제 머무를 수 있는 곳. 하지만 지금은 기적처럼 한순간, 극히 찰나의 순 간에만 낚아챌 수 있는 곳이다. 세월의 어디일까? 기 억할 수 있는 순간이 있었다. 그 순간은 가끔은 자고 있을 때 다가왔다. 부드럽게, 어둠의 발걸음을 타고 다가와 지금 머무르고 있는 그의 일부를 가린다. 특별 하게 따뜻한 힘이, 잠자고 있는 그의 다른 부분으로 들어와, 그의 현재 존재가 자리한 비현실성보다 훨씬 사실적인 꿈으로 돌려보낸다.

인생 최고의 순간이지. 그는 생각했다. 잃어버린 시 간. 나뭇잎이 무지갯빛 햇살에 얽히는 여름날. 그는 언제나 자신의 여름을 나른한 행복감이 정신과 육체를 멍하면서도 기쁘게 만들며 계속되었던 날들로 기억했다. 여름날 웃자란 잔디 사이를 뛰어다니던 것을 기억했다. 태양이 팔다리를 흙빛 같은 갈색으로 태웠고, 아무 걱정이 없었다. 이것이 오후 풍경이었다. 하얀색 집은 언덕 위에 멀리 높이 솟아 있었고, 자갈로 덮인 진입로는 잔디밭 위에 부주의하게 떨어뜨린 조약돌 리본 같았다. 진입로 위를 뛰어다녔고 그 옆의 정원에 누워 향기로운 꽃들을 망가뜨렸다. 어느 정도 먼 곳에서 시냇물이 흐르는 멋진 소리도 들렸다. 냇가 옆에는 풀들이 자랐고, 숨겨진 어떤 비밀 장소에는 나뭇잎들이 한쪽으로 누워 좁고 길게 이어졌다. 무덤처럼 좁지는 않았다. 혼자 겨우 누울 수 있을 정도는 아니었다. 경외감이 들 정도로 조용했던 어린 시절의 보통 여름날, 그들은 함께 차가운 냇물의 속삭임을 들었고, 햇볕을 쬐었다. 그의 헝클어진 머리는 그녀의 가슴 위에, 그의 열정적인 작은 몸은 그녀의 축축한 팔꿈치 안에 있었다. 그들은 함께 땅의 숨결을 느끼며 조용하고 경건하게 숨을 쉬었다. 땅이 따뜻해지고 잠이 밀려오자, 그의 잃어버린 목소리가 "어머니, 냇물은 어디로 가요?"라고 물었고, "바다로, 바다로 흘러간단다."는 기적 같은 대답이 이어졌다.

지금 여기, 엉망이 된 지금도 그 목소리가 다시 들렸다. 그 억양은 세월의 틈을 이어 주는 유령을 움직이게 했다. 소리는 흐릿하고 멀었지만, 그렇게 희미한데도 오래전 여름날 오후에 들었던 것처럼 열정적이고 선명했다.

오후의 열기 속에서 뛰어다니고 난 후 하얀 집과 가졌던 멋진 우정이 기억났다. 몸을 쉬었던 소파에 닿았을 때의 안락함을 느낄 수 있었고, 기분 좋게 녹초가 된 상태로, 매일 밤 자러 가기 바로 전에 그랬던 것처럼 어머니가 피아노 앞에 앉아 노래를 부르는 것을 보고 들을 수 있었다.

그는 침대에 누워, 그런 순간들을 기다리고 세어 보며 별이 흐드러진 창밖을 내다보던 후텁지근한 밤들, 그 황홀하던 기다림의 순간들을 기억했다.

아래층 시계의 희미한 차임벨 소리, 어둠의 지붕을 따라 메아리치는 그 소리를 들었다. 아이다운 호기심으로, 그 소리가 그가 있는 방 아래, 밝게 조명이 켜진 들어갈 수 없는 방에서 나온다는 것을 알고 있었다.

그런 후에 어머니가 일어나 계단을 올라오는 것을 상상 속의 눈으로 보았다. 이제 어머니는 첫 번째 층계참에 있어. 그는 혼잣말했다. 이제 어머니의 발은 마지막 계단의 깊은 플러시 천에 잠겨 들고 있어. 이제 복도에 있어. 그러고 나면 기대감에 너무 벅차서 눈에 보이게 떨거나 크게 울지 않으려고 침대 양쪽을 움켜쥐고 입을 꽉 다물 수밖에 없었다.

문에 닿는 어머니의 부드러운 손길과 안으로 들어오는 조심스런 움직임은 무엇보다 가장 힘든 순간이었다. 기다리던 어머니가 나타나면, 갑작스런 기쁨으로 울거나, 일어나 어머니에게로 달려가 안기지 않으려고 어린 마음에 품고 있었던 용기가 모두 사라졌다. 하지만 그래서는 안 됐다. 행동이 단정해야 했다. 가슴에서 심장이 주체할 수 없이 뛰더라도 조용히 누워 어머니에게 미소 지어야 했다. 이 가장 섬세한 순간에 어머니만의 분위기를 기다려야 한다는 것을 배웠다.

어머니는 때로 그에게 손을 흔들었고, 옆에 누웠고, 그의 머리를 헝클어뜨렸고, 속삭였다. 다른 때에는 산만하고, 멍하고, 옆에 오지도 않았다. 그러고는 그를 잠깐 안고, 중간중간 쉬어 가며 말했다. 하지만 무엇보다 가장 드문 순간—그리고 그에게는 가장 놀라울 정도로 아름다운 순간—은 어머니가 마치 하얀 천사처럼 공중에 붕 뜬 것 같은 모습으로 그의 방에 들어와 옆에 앉아서 그를 부드럽게 안고, 말은 거의 하지 않은 채, 달빛에 젖은 그의 얼굴을 너무나 다정하고 잔잔하게 응시하던 때였다. 이럴 때면 그는 움직이는 게, 숨 쉬는 것조차 두려웠다. 조금만 움직여도 이 조용하고 섬세한 분위기가 깨질 것 같았기 때문이다.

하지만 언제나 작별 키스가 있었다.

그들은 언제나 그 키스에 시간을 끌었다. 어머니의 입술이 얼굴에서 떠나면, 그는 눈을 감고 무의식적인 미소를 입가에 띠며 그 상태로 있었다. 어머니가 머리 아래 베개를 고쳐 줄 때, 몸 위에 이불을 덮어줄 때 부드러운 손길을 느꼈다. 그리고 마지막으로 다정하게 쓰다듬어 준 다음, 왔을 때처럼 부드럽게 떠났다. 그는 잠들 때까지 눈을 감았다. 긴 밤 내내, 영원히, 살아 있는 동안 새겨진 어머니의 이미지를 붙잡으려면 그게 더 나았다.

그게 인생 최고의 순간이지. 그는 다시 생각했다. 아주 어렸을 때, 황금 같은 나날이 단순하고 완벽하게 이어지는 시간.

그날들을 생각하며 한참 동안 의자에 앉아 창밖을 내다보았다. 이제는 땅 위에 있는 형체들을 알아볼 수 있었다. 그림자는 사라지고, 아래 거리의 건물들이 더 이상 그늘에 가려 있지 않은 것을 볼 수 있었다. 들릴 정도로 다시 한 번 한숨을 쉬었다. 시계를 쳐다보았다. 열두 시였다.

분노의 경련과 함께 스태포드 롱과의 약속이 떠올랐다.

목욕하고 옷을 갈아입는 데 한 시간. 스태포드 롱을 만날 준비를 하는 데 한 시간. 음울하게 미소 지었다. 스태포드를 생각했다. 매우 조심스러웠다. 스태포드를 생각하다 보면 아버지, 그리고 저녁과 함께 찾아올 시련을 잊을 수 있었다.

시위를 떠난 활처럼 의자에서 일어나 천천히 방을 가로질렀다. 사진을 원래 있던 장소에, 같은 실크 스카프로 싸서 돌려놓았다. 그런 후 욕실로 갔다. 샤워기 물줄기가 타일 바닥의 강렬하고 자기만족적인 문신을 강하게 때렸다.

○

문을 밀자 엷은 분홍색 문이 쏟아지듯 열렸고 그는
안으로 들어갔다. 빠르게 뒤쪽으로 문을 닫아 눈부신
바깥 경치가 깔끔하게 잘리도록 옆으로 비켜섰다. 안
쪽의 어둠에 적응하도록 눈을 감고 잠시 있었다. 다시
눈을 뜨니 좀 나아졌다. 비틀대며 스툴 쪽으로 향했
고, 윤기로 반질거리는 바 앞에서 잠시 숨을 골랐다.

그는 자기 자신과 이 반원의 외부 끝에 있는 다른
사람들을 관객으로 보았다. 그리고 바텐더들은 순수
한 형태의 배경막과 늘어선 원기둥, 정육면체, 구(球)
앞에서 연기하는 배우들이었다. 세잔[5]이 다시 돌아온
것 같군. 하지만 정말 이런 의미였을까?

---

5. 인상파 화가 폴 세잔을 말함.

그는 소리 없이 빙긋 웃었다.

배우 중 하나가 그의 앞으로 다가와 젖은 수건으로 자신의 구역을 축성했다. 그러고는 의례적으로 잠시 멈췄다가 눈썹을 들어 올리며 필요한 걸 물었다.

흥미를 느끼며 말했다. "마티니, 드라이로."

그는 조금 전에 정한 관객과 배우의 개념에 수정을 가했다. 이것은 관객과 배우가 역할을 바꾸고, 무대는 박스에서 플랫폼까지 복잡하게 변하며 다시 되돌아가고, 각 그룹은 바뀌는 기능을 수행하는 대하드라마였다.

당신은 내 마음을 아프게 하기 전까지는 만족하지 않겠지….

주크박스였다. 아, 음악이 있는 드라마군. 그는 생각했다.

술잔의 가는 줄기를 엄지와 검지로 감싸고 조심스럽게 돌린 다음 입술로 들어 올려 마셨다. 보이지 않게 미소 짓고는 올리브를 아삭거리며 음악을 들었다.

노래가 끝나자 시계를 쳐다보았다. 스태포드는 예상대로 또 늦었다. 바텐더에게 신호를 보내 빈 잔을 가리켰다. 그는 자신의 다른 의식 속으로 좀 더 단단히 파고들었고, 자신만의 어둠 속에 좀 더 깊이 파묻혔다. 그리고 기다렸다.

결국 사람이 할 수 있는 건 그게 전부지. 누군가를 기다리는 것 아니면 누군가를 기다리게 하는 것.

이 말은 어디선가 들어 본 경구 같았다. 하지만 그의 자만심을 만족시켰기에 미소를 지었고, 마음속으로 혼자 되풀이했다.

칵테일을 다 마시고 이쑤시개에 꽂힌 올리브를 섬세한 치아로 떼어 낼 준비를 하고 있을 때, 어깨에 부드러운 손이 얹히는 걸 느꼈다. 움직이지 않고도 닿을 수 있는 손이었다. 그는 혐오감을 느끼며 흘낏 보고는 스툴에서 몸을 돌려 마치 우연인 양 손을 떨쳐냈다.

"늦었네." 그가 말했다.

스태포드 롱은 무한한 지혜의 소유자인 양 그를 보며 부드럽고 신비롭게 웃었다. 이 표정이 가리고 있는 근본적인 멍청함을 아서가 알아내기까지는 오랜 세월이 걸렸다.

"아, 정말 미안해, 아서." 스태포드 롱이 말했다. "진심이야. 하지만 오늘 아침에 정말 역겨운 일이 생겨서 머리끝까지 화가 났어. 하루를 완전히 망쳤지. 진짜

말 그대로 망쳤어."

아서는 한숨을 쉬었다. "무슨 일이었는데?"

"지금은 말할 수 없어. 안 돼. 나중에. 끔찍했지." 스태포드는 보란 듯이 어깨를 으쓱했다.

"한잔할래?"

스태포드는 고개를 들고 그를 꼼꼼하게 살펴보았다. "아서, 어떻게 버텨? 엄청나게 이른 시간이잖아. 위장에 문제없어? 궤양 겁 안 나? 해지기 전에 술 마시면 반드시 궤양 생겨." '궤양'이란 단어를 발음하며 그의 입이 불쾌하게 말렸다.

아서는 어깨를 으쓱하고는 몸을 돌리고 바텐더에게 다시 신호했다.

"제발. 여기서 나가자." 스태포드가 다급히 말했다. "여긴 역겨워."

아서는 스태포드가 그렇게 우아 떠는 높고 분명한 목소리로 말하지 않기를 바라면서 얼굴을 찌푸렸다. 왼쪽에 있던 커플이 그를 흘낏 보고는, 비웃는 듯한 불쾌한 웃음을 감추기 위해 재빨리 몸을 돌리는 것을 눈치챘다.

"알았어." 그는 스태포드에게 말했다. "알았다고."

무뚝뚝하게 내뱉었다. 그는 스태포드를 스치듯 지나 식당으로 이어지는 커튼 쳐진 문으로 걸어갔다.

하지만 스태포드는 움직이지 않았다. "아서." 그가 크게 말했다. "아서, 어디 가?"

그는 이를 악물고 몸을 돌려 스태포드와 마주했다. 멋지고 재미있게 보이려고 목청을 가다듬었다. "왜? 당연히 식당이지. 따라와."

"아니." 스태포드는 안달하며 부르짖었다. "난 거기 안 가. 음식이 정말 더러워. 깨끗하지도 않고."

그는 듣거나 보고 있는 사람들을 의식해 억지로 미소를 지으며 스태포드가 서 있는 곳으로 돌아왔다.

"잘 들어." 그는 입술을 씰룩이며 딱딱하고 낮은 목소리로 말했다. "이렇게 굴지 마."

"하지만, 아서. 여기보다 더 좋은 곳을 알아. 훨씬 더 좋은 곳."

"네가 아는 데로 가자고 설득할 생각하지 마. 어떤 곳인지 아니까. 그런 사업과는 얽히고 싶지 않다고 했잖아."

스태포드의 눈이 휘둥그레지더니 상처받은 표정을 지었다. "아서!" 그가 비난하듯 말했다. "아서."

"그리고 그렇게 행동하지 마. 내가 안 좋아하는 거 알잖아."

스태포드의 아랫입술이 떨리고 눈이 약간 촉촉해졌다. "어떻게 그렇게 말해, 아서? 나한테 상처 주는 게 좋아? 그런 거야? 난 부끄러울 게 없어. 너도 그걸 알았으면 해."

"닥쳐, 스태포드!" 그는 분노에 차 속삭였다.

"넌 이해 못하지?" 스태포드가 용감하게 혼잣말했다. "이해한다면 그러지 않을…."

아서는 진절머리가 나 한숨을 쉬었다. "알았어. 알았어. 사과할게. 뭐든. 오후 내내 여기 서서 얘기할 거야? 아니면 안에 들어가서 식사할래?"

"좋아." 스태포드가 말했다. "알았어. 갈게. 하지만 끔찍한 소화불량에 걸릴 게 분명해."

그는 스태포드 롱을 따라 출입구로 가면서 갑자기, 약간 우스울 정도로 분명히 자신의 이상한 상황을 돌아보았다. 왜 스태포드를 참아 주고 있는지 종종 자신에게 물어보았다. 대답할 수 없었다. 우정은 아니었다. 스태포드에게 우정을 느낄 수 있는 사람은 아무도 없었다. 그는 스태포드 같은 종류의 사람에게 연민을 갖지 않았다. 스태포드의 변태적인 행동에 계속해서 역겨움을 느꼈고, 강한 혐오, 심지어는 악의까지 품었다. 동정심도 아니었다. 철면피의 경지에 이른 스태포드의 천박함을 의식적으로 부러워한 순간들도 있었기 때문이다.

아마 그가 아는 모든 사람들 중에 함께 있어도 비위를 맞출 필요가 없는 건 스태포드뿐이기 때문일지도 모른다. 스태포드는 모든 사람들을 받아들이듯이 그를 받아들였다. 그것뿐이었다. 그렇게 받아들이기 전이나 후에 무엇이 있는지는 중요하지 않았다. 그들의 우정(그렇게 부를 수 있다면)은 매번 만날 때마다 새로 태어나고 갑작스럽고 아프지 않은 죽음을 맞았다.

테이블을 찾았다. 왔다 갔다 하던 웨이터가 물이 출렁거리는 잔을 그들 앞에 내려놓고 주문을 기다렸다. 아서는 냉담하게 빨리 골랐다. 하지만 스태포드는 메뉴를 보고 걱정하듯 조바심 내며 웨이터에게 수없이 질문했고 웨이터는 무시하거나 성급히 대답했다. 스태포드는 심사숙고한 각 메뉴의 질, 가격, 소화성 여부에 대해 아서의 조언을 구했다.

아서는 전혀 갈증이 나지 않는데도 물을 한 모금

마셨다. 마티니를 마신 후라서 맛이 밍밍했고 그렇게 차갑지도 않았다. 그는 스태포드를 멍하니 쳐다보았다. 스태포드는 그 응답으로 눈을 반짝이며 열정적으로 그를 쳐다보며 빛나는 미소를 지었다.

아서는 흥미를 느끼고는 우정과 따분함에 기초해 결심하고 말을 꺼냈다.

"음… 어떻게 지냈어, 스태포드?"

"아, 묻지도 마." 스태포드가 울부짖었다. "제발 묻지 마. 모든 게 그냥 끔찍해. 살아날 가망이 없어. 아무것도 없어."

"참 안됐네."

"그러니 묻지 마."

"알았어."

스태포드는 잠시 근심에 잠겼다. "그리고 그 클라이맥스, 결정타가 오늘 아침에 날아들었어."

"그래?"

"지긋지긋해. 말도 못할 정도야."

아서는 아무 말도 하지 않았다. 스태포드는 한동안 극적으로 말을 멈췄다가 계속했다.

"또 그 에바츠야. 솔직히, 아트, 네가 어떻게 그 인간을 참아 줄 수 있는지 모르겠어."

"맥스를 좋아하는 줄 알았는데. 지난주에 네가 아는 사람 중에 그가 가장 '섬세하고 안목 있다'고 하지 않았어?"

"열정이었어." 스태포드가 말했다. "잘못된 열정이지. 내가 틀렸다는 거 인정해."

아서는 어깨를 으쓱했다.

"에바츠가 나한테 뭐라고 했는지 알아?" 스태포드가 물었다.

그는 마지못해 고개를 저었다.

"그자가 그랬어." 스태포드가 속삭이며 몸을 약간 앞으로 기울였다. "나를 '빌어먹을 꼬마 요정'이라고 불렀어. 그러고는 자기 집에서 꺼지라고 했어."

이 말과 함께 그는 의기양양하게 등을 기댔다. "자, 어떻게 생각해? 신사가 말하기에는 끔찍하지 않아?"

아서는 웃음과 동정 사이에서 마음이 심하게 불편했다.

"다들 그자가 어떤 종류의 인간인지 알아야 해." 스태포드가 선언했다. "무슨 일이 있었는지 친구들한테 전부 말할 거야. 다 퍼지겠지. 그래, 분명히 소문이 돌

거야."

불안은 사라졌다. 그리고 아서는 갑자기 스탠포드
가 부끄러워지고 동정심이 들었다. "마음 쓰지 마, 스
태포드." 그가 말했다.

"뭐?"

"잊어버려."

"잊지 않을 거야." 스태포드가 빠르게 말했다. "설득
할 생각도 마. 사람들은 알아야 해." 그러고는 잠시 말
을 멈추고 미심쩍은 듯 아서를 쳐다보았다. "그자를
보호하려는 거야? 그게 네 게임이야?"

아서는 잠시 그를 보고 웃고는 더 이상 아무 말도
하지 않았다. 그들 앞에 음식이 놓였고 먹기 시작했
다. 스태포드는 식사 내내 수다를 떨고 투덜거리며 가
식적으로 행동했다. 스태포드의 대화는 귀에 거슬리
는 주제가 단조롭게 반복되는 병적인 교향곡 같았다.
하지만 잠시 후 커피를 마시며 꾸물거리고 있을 때,
그는 깊은 침묵 속으로 파고들었고, 아서는 이 침묵을
불편해하면서 쳐다보았다. 그는 스태포드의 얼굴에
떠오른 음흉하고 계산적인 표정에 놀랐다. 그 표정은
너무 순식간에 지나가서 그런 표정이 있었는지조차

모를 지경이었다. 그는 즉시 경계심을 품었다.

"그래서, 그게 뭐야?" 아서가 물었다.

스태포드는 눈이 휘둥그레져서 순진한 표정을 지었다. "무슨 얘기야, 아트?"

"그 표정 알아. 원하는 게 뭐야?" 아서는 그를 보며 경멸적으로 미소 지었다.

스태포드의 얼굴에 의아하다는 듯한 순진한 표정이 떠올랐다. 그는 몇 번 눈을 깜빡였다. 아서는 그가 접근 방법을 계산하고 있다는 것을 알았다. 순진함은 사라지고, 자신감에 찬 새로운 표정이 그 자리를 메웠다. 그는 긴장을 풀며 테이블 위로 몸을 기울였다.

"널 속일 생각은 없어, 아서. 그러려고 한다면 내가 바보지." 스태포드는 말을 멈추고 시선을 돌려 허공을 슬프게 응시했다. "모든 게 지긋지긋하고 끔찍해." 마침내 그가 말했다. "매일매일이 허무해. 말도 못할 지경이야." 그는 전율했다. "가끔은 나 자신에게 물어봐. '왜? 왜 계속 살고 있지?' 그리고 그거 알아?" 그가 속삭였다. "날 정말 두렵게 하는 게 뭔지 알아? 말해 줄게. 난 대답할 수 없어. 나 자신의 질문에 대한 답을 몰라. 두려워."

그는 공감하는 중얼거림을 기다렸지만 아서는 입을 열지 않았다.

"여기서 벗어나야 해." 스태포드가 말을 이었다. "내 인생에서 뭔가 만들어 볼 생각이야. 의미를 발견해야지. 아서." 그가 느릿느릿하지만 단호하게 말했다. "네가 날 도와줘야 해."

"내가 뭘 할 수 있는지 모르겠는데…" 아서가 조심스럽게 말을 시작했다.

갑자기 스태포드는 계산적이고 유능해졌다. "아주 간단해." 그가 설명했다. "오백 달러만 빌려주면 돼."

"오백 달러!"

"그래."

아서는 그를 조용히 쳐다보았다. "스태포드." 그가 부드럽게 말했다. "오백 달러는…."

"그저 빌려달라는 거야." 스태포드가 재빨리 말을 끊었다. "꼭 갚을게. 전부."

"스태포드, 미안하지만…."

스태포드는 화가 나서 그를 쳐다보았다. "돌려받지 못할까 봐 그래? 내 말 못 믿겠어? 그런 거야?" '그런 거야?'를 말할 때 그의 목소리 고음 부분이 갈라졌다.

아서는 손가락으로 테이블을 두드리면서 초조함을 억눌렀다. "이봐, 스태포드. 난 네 말에 대해 아무 얘기도 하지 않았어. 돌려받지 못한다는 뜻도 아니야. 이 돈이 뭐에 필요한데?"

스태포드는 부루퉁하니 다시 의자에 앉았다. 그는 아서를 쳐다보지 않았다. 뺨이 희미하게 붉어졌다.

"인쇄기를 살 생각이야."

아서의 목에서 킬킬대는 웃음이 터져 나왔다. 이유는 몰랐지만 스태포드 롱이 장난감 인쇄기 앞에 무릎을 꿇고 있는 모습이 그의 눈앞에 순간적으로 스쳐 지나갔다.

스태포드의 뺨이 더 붉어졌다. "뭐가 그렇게 우스워?" 그가 반항적으로 물었다.

"비웃은 건 아니야. 정말이야." 아서가 키득거렸다. "하지만 네 말투 때문에 그저 잠깐… 대체 왜 인쇄기가 필요해?"

스태포드는 의자 끝으로 몸을 끌어 올리고 열정적으로 말했다. "전부 생각해 뒀어. 너한테 이 오백 달러를 빌리고, 내가 아는 다른 친구들한테도 좀 더 당길 생각이야. 그리고 수동 인쇄기를 사서—어디서 사는지는 알아—카멜로 이사 갈 거야. 캘리포니아에 있어. 그런 후에 시집을 출판할 거야."

아서는 마음이 끌려서 그를 응시하다가 바보처럼 반복했다. "시집을 출판한다고?"

"당연하지. 모든 작업을 나 혼자 힘으로 할 생각이야. 편집, 디자인, 타이핑 준비, 모든 일을. 최고의 시만 출판할 거야. 좋은 시와 나쁜 시를 구별할 수 있어. 잘될 거야. 문제없어."

아서는 스태포드를 바라보다가 갑자기 그를 거칠게 붙잡고 흔들면서, 아이를 야단치듯 꾸짖고 싶었다. 하지만 움직이지도 입을 열지도 않았다.

"왜 그래?" 스태포드가 물었다. "좋은 아이디어 같지 않아?" 호전적인 태도였다. "뭐가 문제야?"

무슨 말을 할 수 있을까? 아서는 그 아이디어의 유일하게 진실된 기초인 생각 없는 열정은 사라지고, 이제 스태포드는 죽은 난롯불에 필사적으로 부채질을 하면서 아서가 아닌 자기 자신을 정당화하려고 한다는 걸 알았다.

그래서 그는 거칠게 말했다. "인쇄나 인쇄기에 대해 네가 뭘 알아? 출판은 얼마나 알고… 맙소사. 인쇄기를 본 적이나 있어?"

스태포드는 고개를 저었다. "배우면 돼. 약간의 머리와 눈치만 있으면 충분해. 오늘 오후에 공공도서관에 갈 생각이야. 거기에 관련 서적들이…."

아서는 더 이상 참을 수 없어서 그에게 소리 질렀다. "미쳤군!" 몇몇 사람들이 놀라서 그를 쳐다보았다. 그는 목소리를 낮춰 스태포드에게 말했다. "머리를 써. 조금이라도 생각을 해 봐. 맙소사. 너도 머리는 있잖아. 네 머리는 장식이야?"

스태포드의 눈이 고통으로 젖어들었다. "그래서 나에게 기회를 주지 않을 생각이군." 그가 슬프게 말했다. "날 나락으로 떠밀어 버리네. 어떤 도움도 안 주면서 말이야."

"이봐." 아서가 말했다. "널 떠미는 게 아니야. 그럴 생각 없어. 미친 아이디어지만 그건 중요하지 않아. 오백 달러가 중요한 문제지."

"대단한 건 아니야."

"그럴지도 모르지. 하지만 지금 난 그런 돈이 없어."

스태포드의 눈이 슬프게 바닥을 쳐다보았다. "아, 그렇겠지. 당연해. 말하기는 쉽지. 넌 네가 친절하다고 생각하겠지."

그는 이를 악물었다. "스태포드. 이건 친절의 문제가 아니야. 이건… 너하고는 얘기가 안 되겠다."

스태포드가 의연하게 미소를 지었다. "아, 좋아. 괜찮아. 아서."

긴 침묵이 흘렀다.

아서가 갑자기 폭발했다. "빌어먹을, 스태포드. 난 돈 없다고 했잖아. 있으면 너한테 빌려주지."

스태포드는 테이블 위로 몸을 기울였다. "그럴 생각이야?" 그가 숨을 죽이고 말했다. "정말 그럴 거야, 아서?"

그는 진절머리가 나서 말했다. "그래. 빌려줄 거야."

스태포드는 몸을 점점 앞으로 밀어서 테이블 윗부분으로만 지탱할 정도가 되었다.

"진심이면." 스태포드가 낮은 목소리로 말했다. "네가 한 말이 정말 진심이라면…."

"진심이야."

"그러면 넌 돈을 구할 수 있어, 아서. 충분히 구할 수 있다고."

"무슨 소리야?"

"너희 아버지한테서 말이야, 아서. 아버지가 주실 거야. 아버지가 주실 거라는 거 너도 알잖아."

아서의 눈이 휘둥그레지면서 갑자기 충격이 전류처럼 몸을 타고 흘렀다.

"아버지는 거부하지 않으실 거야, 아서." 스태포드가 말을 이었다. "네가 해 준 얘기대로라면 너희 아버지는…."

"닥쳐, 스태포드." 그는 힘없이 말했다. "제발 입 다물어."

"그렇게 놀라지 마." 스태포드가 말했다. "대단한 일도 아니니까. 아버지한테 부탁한다고 손해 볼 건 없잖아? 어쨌든 아버지 돈의 일부는 네 거니까. 어머니가 남긴…."

아서의 목소리는 자기의 귀에도 공허하고 멀리서 들렸다. "스태포드, 그 얘긴 꺼내지 말라고 언젠가 말했잖아. 그… 그 얘기는…."

"언젠가 말했지." 스태포드가 흉내 냈다. "넌 역겨운 놈이야. 연극은 그만둬. 아버지한테 부탁한다고 죽지 않아."

"스태포드…."

"넌 두려운 거야." 스태포드가 날카롭게 말했다. "바보 같은 짓 이제 그만둬. 아버지한테 부탁해. 그렇게 하라고!"

그는 목소리를 조절할 수 없었다. 흔들리고 약해지며, 갈라지고 작아졌다. 하지만 간신히 말을 이었다.

"스태포드, 일어나서 나가지 않으면 난…."

스태포드는 비웃었다. "날 위협하는 거야? 그렇다면 시간 낭비야. 왜냐면…."

아서의 손이 처음 잡은 건 접시 옆에 있던, 물이 반쯤 찬 유리잔이었다. 생각하기도 전에 그는 물을 스태포드의 얼굴에 끼얹었다. 스태포드는 벌떡 일어나 그의 앞에 섰다. 숨을 가쁘게 쉬며 질척거리는 셔츠 앞쪽과 흠뻑 젖은 코트 깃을 헛되이 문질렀다.

"너!" 그가 떨리는 목소리로 말했다. "네가…."

그의 얼굴이 갈라지기라도 할 듯 떨렸다.

"절대로." 스태포드가 선언했다. "살아 있는 동안 절대 다시는 너와 말하지 않겠어."

그리고 그는 몸을 돌리고 분노에 차서 가 버렸다. 고개를 높이 세우자, 물이 방금 흘린 눈물처럼 얼굴에서 반짝였다. 아서는 그가 가는 걸 쳐다보았다.

모든 분노가 사라지면서 약해지고 몸이 떨렸다. 테이블에 팔꿈치를 놓고 얼굴을 손에 파묻었다. 킥킥거림과 흐느낌이 반반씩 섞인 작은 발작이 가볍게 일었다. 멈추려고 했지만 불가능했다. 사람들이 주목하고 있다는 것을 알았다.

손가락 하나가 그의 어깨에 닿았다. 누군가 조심스럽게 묻는 소리가 들렸다. "무슨 문제라도 있나요?"

그는 목소리를 조절하려고 했다. "아무 일도 아니에요." 그가 말했다. "정말 아무 일도 아닙니다. 신경쓰지 마세요."

"여기서 문제 생기는 걸 원하지 않아요."

몸을 돌렸다. 뒤틀린 듯 뿌연 시야 속에서 불안한 목소리에 어울리는 둥그스름하고 떨리는 얼굴을 보았다. "문제없어요." 그는 잠긴 목소리로 말했다. "정말 괜찮아요. 전⋯."

"취했군." 중얼거리는 소리가 들렸다. "취했어."

그는 그 목소리에 갑자기 고개를 쳐들었다. "아니에요." 그는 항의했다. "아니에요. 그런 게 아닙니다. 그냥 날 잠시만 내버려 두면⋯."

그의 위에 있던 둥그스름한 얼굴이 잠시 편안해지

면서 순간적인 안도감을 보이다가 딱딱해졌다. 그 목소리는 더 이상 불안하지 않았다. 딱딱하고 확신에 찬 매니저의 목소리였다.

"좋아요. 이제 계산하고 꺼지는 게 좋겠소."

아서의 얼굴이 무섭게 떨렸다. "하지만 난 취하지 않았…."

매니저는 몸을 아래로 기울이고 그의 얼굴에 악의에 찬 쉬익 소리를 냈다. "이봐. 경찰 부를까? 꺼지라고 했잖아."

"제발." 그는 힘없이 말했다. "잠시만…." 간신히 더듬거리며 돈을 꺼내 테이블 위에 놓았다. 매니저는 재빨리 그 돈을 쳐다보았다.

그러고는 말했다. "여기가 어딘지는 알고?" 그의 뚱뚱하고 작은 얼굴이 분노로 번들거렸다. 그는 손을 아래로 뻗어 아서의 코트 칼라를 세게 잡아당겼다. "자, 이제 일어나." 그는 주위를 서성거리며 사람들 사이를 돌아다니던 웨이터 두 명을 향해 손가락을 딱 하고 튕겼다. 그 신호에 웨이터들은 재빨리 앞으로 뛰어와 아서를 의자에서 끌어 일으켜 세운 다음, 문을 향해 부축해 걸어갔다.

그는 말을 할 수도, 그들을 이해시킬 수도 없었다. "난 괜찮아요." 그는 마침내 입을 열 수 있었다. "이럴 필요 없어요."

하지만 그들은 그를 출입구 밖으로 밀어냈고, 그는 몸을 움츠리고 눈을 깜빡이며 인도에 서 있었다. 어깨가 들썩거렸지만 말라 버린 목구멍에서는 아무 소리도 나오지 않았다. 잠시 후 거리 쪽으로 몸을 옮겼다. 어디를 걷고 있는지도 모른 채 정처 없이 헤맸다.

○

　몇 시간 뒤, 그가 인도를 벗어나 리젠시 호텔의 회
전문을 통과했을 때, 거리의 덜거덕거리고 쾅쾅대는
소리가 로비의 나지막한 소음 사이로 재빨리 스며들
었다. 그는 자기 위치를 파악하면서 입구에 잠시 서
있었다. 그러고는 사람들로 바글거리지만 개성 없는
세상의 침입자 흉내를 내며 플로어를 가로질러 걸어
갔다. 사람들이 밀집한 로비를 내려다볼 수 있는, 액
자처럼 틀을 만든 직사각형 발코니로 이어진 한 줄짜
리 계단으로 갔다. 그곳에서, 아래에 존재하는 군중들
의 불길한 중얼거림은 소리를 죽인 속삭임이 되었다.
내려다보면 익명의 인파만 보였고, 그 인파는 전혀 사
람들로 이루어진 것 같지 않았다.

뒤에서는 접시와 은식기들이 이상할 정도로 은은하게 달그락거리는 소리가 들려왔다. 다른 모든 호텔 식당과 마찬가지로 부드럽고 은밀한 그 소리가 귀에 도달하면, 심장이 두근두근 뛰었고, 들어온 이래 처음으로 그 순간의 심각함을 깨달았다. 그 심각함은 곧 파도처럼 그를 삼켰다.

그는 시계를 보고 심호흡했다. 식당 입구로 걸어가 늘어뜨린 차양을 옆으로 밀고 들어갔다. 웨이터가 발소리를 죽이며 급하게 다가왔다.

아서는 감각 없는 입술로 말했다. "홀리스 맥슬리 씨 테이블이요."

호기심 없는 등들을 스치며 식당의 다채로운 색으로 이루어진 숲을 통과하자, 아버지의 존재를 갑자기 강하게 의식하게 되었다. 볼 수 없었지만 그 존재를 알았고, 그 존재감은 걸음을 옮길 때마다 점점 더 강해졌다.

웨이터가 발을 멈췄다. 문지르며 테이블을 가리키는 웨이터의 손 이상의 것을 감지했다. 웨이터가 가버리자, 시간이 주위에 몰려들면서, 그는 밀려드는 물줄기 사이에서 움직이지 않는 바위처럼 나른하게 침

묵했다. 이마가 차가웠지만 땀에 젖고 축축한 느낌이
드는 걸 알아챘다.

마지못한 태도로 빠르게 고개를 들고 억지로 입을
비틀어 미소를 지으며 처음으로 아버지를 보았다.

아버지는 키가 크고 잘생겼다. 미소를 짓자 좁고
큰 하얀 치아가 순간적으로 빛났다. 피부는 매끈하고
면도가 잘 되었다. 머리카락은 갈색이었고 이마에서
옆으로 빗어 넘겼는데, 약간 가늘어지기 시작했다. 아
버지는 빠르고 초조하게 움직였다. 깊고 어두운 눈에
는 낯설게 번득이는 빛이 있었다. 이제 아버지의 이마
에는 불안과 걱정이 섞인 당혹감으로 희미하게 주름
이 생겼다. 그는 순간적인 환상 속에서 이러한 것들을
보고 기억했다.

그들의 눈이 마주치며 시선이 고정되자, 홀리스 맥
슬리는 자기도 모르게 일어나 반쯤 엉거주춤하게 섰
다. 손가락 관절은 테이블 위를 강하게 누르고 있었
다. 불안하게 입술을 핥고는 똑바로 서서 오른손을 내
밀었다. 아서는 자기 손이 그 동작에 반응해 뻗어 나
가 아버지의 손과 만나는 것을 보았다. 그리고 자신의
기운 없이 늘어진 주먹이 손목에서 무의식적으로 흔

들리며 솜씨 좋게 악수를 하고 있는 것도 보았다.

아버지의 목소리에서 쉬었지만 잘 조절된 음색이 느껴졌다.

"다시 만나니 기쁘구나, 아트. 앉아라."

그는 힘없이 공손하게 미소 지었다. 그 겉핥기식 미소는 그가 아버지의 얼굴을 살펴보고, 커지는 긴장을 풀 수 있는 마법의 단어를 찾아 자신의 머릿속 혼란의 벽장을 필사적으로 뒤지는 동안 그의 얼굴에 바보처럼 걸려 있었다.

"편지는 오늘 오후에 받았어요." 그가 말했다. 말들이 꼬리를 물고 이어졌다. "제가… 제가 여기로 전화했는데 안 계신다고 하더군요."

아버지는 열심히 미소를 지었다. "살펴봐야 할 업무들이 있었다. 겨우 몇 분 나가 있었지. 호텔 직원이 나 없는 사이에 네가 전화했다고 하더구나. 못 받아서 정말 미안했다."

순간적으로 불편한 침묵이 흘렀다. 아버지가 말했다. "부에노스아이레스에 머물 때 너에게 편지를 보냈는데 네 소식을 듣지 못했다. 부에노스아이레스는 우편망이 상당히 불안정해서."

"못 받았어요."

"그럴 것 같았다." 아버지가 진지하게 말했다. "편지를 못 받았겠거니 생각했다."

홀리스 맥슬리는 한숨을 쉬고 의자에 등을 기댔다. 손이 우연인 양 메뉴판에 닿았다. 하지만 그 동작은 너무 무성의하군. 아서는 생각했다.

그는 미리 연습한 듯 놀라며 아들을 쳐다보았다.

"배고프니? 난 배고프구나. 주문할까?"

아서는 냉담하게 고개를 끄덕이고 자기 앞에 놓인 메뉴를 집어 들었다. 그들은 메뉴판의 멋진 글씨에 시선을 파묻고 웨이터가 다가올 때까지 고개를 들지 않았다.

웨이터가 주문을 받자 그는 아버지를 슬며시 쳐다보았다. 아버지는 기억보다 더 말랐고 피부가 거무스름했다. 남미의 태양이 아버지의 부드러운 피부를 태웠고, 엷게 그을린 머리카락 안으로 사라지는 곳 끝부분 근처는 놀라울 정도로 창백했다. 이마와 입 근처에는 새로 주름이 생겼다. 동작은 더 빠르고 움직임이 많았다.

아서는 그들 사이에 흐르는 환영의 침묵 사이에 앉

아 있으면서, 아버지가 지금 무슨 생각을 하는지 궁금했다. 저 높고 좁은 이마 뒤에서 어떤 화학식이 작용하고 있을까? 아버지도 과거를 생각할까? 기억할까? 아들이 할 수 없었던 걸 할 수 있었을까? 그날 밤의 이미지를 기억의 목록에서 지워 버릴 수 있었을까? 그 순간의 공포를?

그게 가능하다고는 믿지 않았다. '사업상' 출장—먼 곳으로 다니는 여행—에서도 그 기억은 아버지를 따라다닐 거라고, 굶주린 짐승이 상처 입은 먹잇감을 쫓아다니듯이 따라다닐 거라고 확신했다.

잠들 수 없을 정도로 길고 더운 밤, 낯선 나라 낯선 방의 땀에 젖은 침대에 누워서 아버지는 무슨 생각을 했을까? 뒤척거리며 오래전 어떤 밤을 생각했을까? 숨 막힐 듯한 어둠 속에서 그 익숙한 이미지가 떠올라 그를 공포에 질리게 하고 뇌리에 파고들었을까?

도망쳤어. 늘 도망쳤어. 그는 생각했다. 한없이 이어지는 도망, 끝없이 계속되는 날들, 결코 빠져나갈 수 없지. 머리가 벗어지고 몸이 약해지고 피가 식고 눈가 주름이 깊어지는 동안, 그 세월 동안 끝나기를 기다리면서….

갑자기 흘러나오기 시작한 갑작스럽고 따뜻하며 이유 모를 충동적인 동정심을 아버지가 가로막았다.

"그러고 보니." 아버지는 억지로 쾌활하게 말했다. 그 목소리가 준 갑작스런 충격은 아서의 젊은이다운 동정심과 따뜻함을 흩어 버렸다. "우리가 이렇게 얘기해 본 지도 참 오래됐구나."

그는 조용히 말했다. "네. 그러네요."

"그게 후회된다. 정말로." 아버지의 목소리는 진심이었다. "하지만 알다시피 사업이, 시간을 많이 잡아 먹는구나." 거짓말을 하는 동안 아버지는 눈을 테이블 쪽으로 내리깔며 불안한 미소를 지었다.

아버지는 대중없이 말을 하다 말다 했다. 아서는 아버지가 얘기하는 게 고마웠고, 정말로 대답을 기대하는 게 아니라서 기뻤고, 자리에 앉아 내용은 무시하면서 윙윙거리는 목소리만 들을 수 있어 다행이라고 생각했다.

하지만 마침내 아버지가 대답을 요구하는 어조로 말하는 걸 들었을 때 그 의미가 의식을 파고들었다. "…하지만 여기서도 내 얘기만 떠들어대고 있구나. 너 자신에 대해, 네가 하고 있는 일에 대해 말할 틈조차

주지 않으면서."

그는 아버지를 향해 짜증과 불쾌감이 섞인 표정을 지었다.

"전… 지금 당장은 별다른 일을 하고 있지 않아요." 그가 말했다. "말씀드릴 게 정말 없어요."

"그래." 아버지가 말했다. "그래도 괜찮아. 천천히 해. 넌 아직 젊어. 공부는 잘 돼 가니?"

"그런 것 같아요." 그는 애매하게 대답했다. "책을 많이 읽고 있어요."

그리고 그들의 대화 사이에 존재하는 위태로운 균형을 위협하는 또 다른 침묵이 흘렀다. 하지만 웨이터가 음식을 가지고 왔다. 그들이 다행스럽게 생각하며 식사를 하게 되자 그 침묵은 더 이상 어색하지 않았고, 대화를 할 필요도 없어졌다. 그들은 각기 고마움을 느끼며 웨이터를 쳐다보았고, 형식적인 말 몇 마디 후에 식사를 시작했다.

아서는 멍하니 음식을 집어 들면서, 뭐라 말하기 힘든 미약한 거리감을 순간적으로 포착할 수 있었다. 이 넓고 비싼 방에서 그는 외롭고 혼자 중요한 존재처럼 보였다. 자기 앞에 앉아 있는 사람은 아무것도 아니었고, 주변에 있는 사람들도 아무 의미가 없었다. 그들이 존재하는 이유는 그가 생색내듯 허락해 주었기 때문이었다.

방 안 어딘가에서 소규모 오케스트라가 연주를 하고 있었고, 식사하던 사람들이 플로어로 나오기 시작했다. 그들을 보고 있자니 밝고 생생한 정원, 눈앞에서 어른거리듯 변하며 움직이는 색의 무리를 보는 것 같았다. 여자들이 입은 드레스의 다채로운 색조, 엷은 흰색의 살갗과 진홍색 입술, 머리카락의 섬세한 명암. 이러한 부드러운 색깔은 남자들의 점잖은 의상과 불그스레한 피부 때문에 더 두드러졌다. 눈을 감자, 이러한 사람들과 색깔은 함께 스며들어와 헤엄쳤다. 하나의 복잡한 패턴 안에 많은 색깔이 있어서 맥스 에바츠의 집에서 보았던 몇몇 유화들과 많이 비슷했다.

웨이터가 접시와 그릇을 치운 뒤에야 식사를 끝냈다는 걸 겨우 알아챘다. 웨이터가 커다란 유리 주전자에서 커피를 따라 주었고, 그들은 담배에 불을 붙여 천천히 빨아들였다.

아직 이야기를 나눌 필요가 없었다. 담배를 피우며 커피를 마시는 동안 따뜻하고 편안한 느낌이 그들 사이를 지났다. 아서는 커피 잔이 비워지는 순간이, 그들 사이에 장애물이 사라져서 이야기를 해야 할 순간이 두려웠다.

하지만 마침내 커피 잔은 비워졌고, 더 이상 꾸물거릴 수 없었다. 시선을 들었다. 계속해서 오롯이 그를 쳐다보고 있던 아버지의 눈이 움직였다. 둘 중 하나가 입을 떼야 한다는 것을 알았다. 침묵이 다시 자리하면서 숨이 막힐 것 같았기 때문이었다.

"대학에 복학할 생각을 하고 있었어요." 그는 빠르게 말했다. 거짓말이었지만 뭐라도 말해야 했기 때문에 급하게 입에서 나오고 말았다. "보… 보스턴으로는 돌아가고 싶지 않아요. 다른 학교로 가고 싶은데 아직 제대로 정하진 못했어요. 물론 이사를 가야겠죠. 여긴 아무것도 없어요." 그리고 자신이 뭐라고 하는지도 거의 모른 채 장황하게 말했다.

그가 마침내 숨을 내쉬었을 때, 홀리스 맥슬리는 잠시 진지하게 생각에 잠겼다. 입을 열었을 때 아버지의 목소리는 마치 칭찬이라도 받은 듯 고마워하고 있었다.

"그래서 뭘 공부하고 싶니?"

아서는 그 말에 움찔했다. 그에게는 천박하게 들리는 말이었다.

"일반적인 것들요. 보스턴에 있으면 제대로 배울수 없을 것 같아요. 학위를 받을 수도 있겠죠. 아버지가 생각해 두신 좋은 학교가 있을 것 같은데요."

아버지는 이를 드러내고 환하게 잠시 미소 지었다. "글쎄, 어디 보자. 내가 대학 다닌 건 오래전이라서… 그래도 뭔가 생각해 낼 수 있겠지." 아버지는 잠깐 말을 멈췄다가 표정이 상당히 밝아졌다. "좋은 수가 있다. 내일 랄프 하킨스를 만날 생각이야. 하킨스 기억나지? 하킨스는 무슨 교육 자문 위원회 소속이니 대학에 관한 최근 소식이나 정보를 가지고 있을 게 분명해. 하킨스에게 물어보는 건 어떻게 생각하니?"

"글쎄요." 아서는 불편한 듯 말했다. "꼭 그래야 할 필요는 없어요. 그냥 생각뿐이라서요."

"뭐 어때? 랄프 영감은 기꺼이 도와줄 거다. 내일 밤… 내일 밤에 저녁 같이 하면서 전부 얘기해 보자."

"저… 전 좀 더 생각해 보고 싶은데요."

"랄프와 저녁을 함께할 수 있어. 랄프와 얘기 나누면서 결정을 내릴 수 있다."

아서는 당황해서 의자에서 몸을 비틀었다. "아니요, 아니에요. 그러실 필요 없어요. 게다가 전… 내일 밤 바빠서요. 계획이 있어요."

"아." 아버지는 맥이 빠져서 말했다. "내 생각엔…."

"네." 그는 재빨리 말했다. "하지만 이건 매우 중요해요. 계획 같은 것들을 다 세워 놨거든요."

"물론이지." 아버지는 다소 씁쓸하게 말했다. "괜찮다. 그저… 여기 머무는 건 내일이 마지막이라…."

그러고는 입을 다물었다. 오랫동안 테이블만 보면서 침묵했다. 마침내 시선을 들었을 때 그 눈은 너무나 고통으로 가득 차 있어서 아서는 본능적으로 움찔했다.

"가끔 너무 피곤해지는구나." 아버지가 말했다. 아들을 보고 있지 않았기 때문에 그 말은 그에게도, 다른 누구에게도 하는 것 같지 않았다. "세상의 반을 돌아다니지. 쉼 없이 계속. 왜 나는 멈추지 못할까? 왜 정착하지 못할까? 내가 직접 돌아다닐 필요는 없어. 다른 사람은 일을 처리할 수 없다는 말은 나 자신을 속이는 거야. 늘 도망 다니지. 걷는 게 아니라 달려가. 가장 가까운 출구로. 무슨 의미가 있지? 이유는 뭐고?

사업. 대체 사업이 뭐라고? 핑계야. 그게 전부지. 마음에 안 들어. 정말로. 그거 아니? 난 사업을 증오하는 것 같아. 하지만 그게 내 시간을 잡아먹어." 아버지는 웃고는 지친 기색으로 고개를 저었다. "내 시간을 잡아먹지."

아서는 침을 삼켰다. 입을 뗄 수 없었다.

"호주, 남미… 이젠 또 인도. 여섯 달이 지났고 이제 넉 달 더 남았어. 시간 낭비하길 기다리지. 우리는 둘 다 기다리고 있어. 시간과 내가. 너도 알다시피 이건 게임이야. 누가 상대방을 더 기다리게 만들 수 있느냐는 경주. 그리고 끝났을 땐 둘 다 패자야. 그게 최종 결과지. 우리 둘 중 누구도 이기지 못했다는 게."

아서는 눈을 감았다. 아버지의 말을 끊을 힘이 없었다. 그저 앉아서 그 단조롭고 무기력한 목소리를 들으며 본의 아니게 얼어붙고 홀려 있을 수밖에 없었다.

"가끔은 멈춰야 한다고, 그만둬야 한다고, 전부 포기해야 한다고 생각할 때가 있다. 그냥 한동안 가만히 서 있자고. 하지만 소용없어. 한번 시도해 봤다. 시작하지 않았다면 달라졌겠지. 하지만 일단 달리기 시작하면 멈출 수 없어."

아서는 저도 모르게 앞으로 몸을 잠깐 움직였지만 아버지는 눈치채지 못했다.

"한번은 북부 삼림 지대에서 벌목꾼을 만난 적이 있다." 아버지는 말을 이었다. "그 벌목꾼은 강 한가운데, 통나무 위에 서 있었지. 가만히 있는 동안은 괜찮았어. 그런데 서 있기만 하는 게 지겨웠던 게 분명해. 갑자기 통나무 위에서 달리기 시작했지. 통나무는 강 위에서 빙글빙글 돌고 그는 점점 더 빨리 달렸어. 달리는 동안은 문제없었지. 통나무는 점점 더 빨라졌고 벌목꾼은 멈출 수 없었어. 멈추면 빠져서 물에 흠뻑 젖을 테니까. 내가 바로 그래. 벌목꾼에게는 게임이었을지도 모르지. 하지만 난 달리기 시작했고, 멈출 수 없어. 그러면 떨어질 테니까. 그리고 떨어지면 익사하겠지. 수영하는 방법을 잊어버렸으니까."

어느 순간 이해가 됐다. 이해가 되자 아서의 커져 가던 공황 상태가 사라졌다. 아름답게 변한 희뿌연 안개를 통해 멀리서 보는 것처럼, 진정한 아버지의 모습을 처음으로 보았다. 그 모습은 잠시 동안만 지속되고 기억되었지만, 그 짧은 순간 그는 많은 것을 이해했다. 여기에는 그 자신이 느끼고 기억하는 것과는 다른 방법으로 느끼고 기억하는 사람이 있었다. 여기에서 그가 알지 못하는 아버지, 대체로 말해 자기 자신의 느낌, 자신만의 이미지, 자신만의 기억에 사로잡힌 아버지를 예상치도 못하게 발견했다. 그 발견은 너무 충격적이어서 그는 침묵을 깨고 머뭇거리며, 거의 다정하게 말했다.

"알아요. 네, 알아요."

홀리스 맥슬리는 회상에 잠겨 독백을 시작한 후 처음으로 아들을 바라보았다. "맙소사." 아버지가 부드럽게 말했다. "우리 삶을 엉망으로 뒤엉키게 만들었구나." 잠시 말을 멈췄다. "나는 아주 좋은 아버지는 못되었지, 아트? 내가 알았다면… 난 어렸다. 나이 말고 중요한 면에서 말이다. 멈춰서 생각하려고, 이해하려고 하지 않았어. 하지만 그건 변명일 뿐이야. 지금도 전에도 내 잘못이라고 생각한다. 시작부터 잘못되었고, 그런 상태로 오랫동안 내버려 두었지…. 음… 우린 그걸 바로잡을 수 없었다. 애초에 내가 더 현명하거나 친절했다면… 아니면 삶에 대해 지금 알고 있는 것만큼만 알고 있었더라도! 맙소사. 그렇게 얘기한 사람들이 얼마나 많았을까. 하지만… 내가 알았다면,

달라졌겠지?"

아서는 내부로 흘러들어오는 낯선 따뜻함을 어떻게 다뤄야 할지 몰랐다. 너무나 불안정하고 새로웠다. 그가 입을 떼었을 때 그 목소리는 거의 속삭임에 가까웠다.

"우리는 어떤 것도 확신할 수 없어요." 그가 말했다. "사람들은 자기가 맞다고, 최선이라고 생각하는 일을 하려고 하죠. 그리고… 그리고 그게 제대로 되지 않으면 그걸… 다른 사람을 탓하기는 힘들죠. 일은 그냥 일어날 뿐이에요."

이제 아버지의 눈에 서렸던 동요는 사라졌다. 새롭고 강렬한 빛으로 빛나고 있었다. 그는 강렬하면서도 억제된 애정을 가지고 아들을 바라보았다. 아버지의 시선은 그 안에서 타오르고 있었다.

"난 달리는 데 지쳤다." 아버지가 말했다. "이 통나무 위에서 너무나 오래 달리고 있었지…. 맙소사. 천 년은 되는 것 같구나. 난 지쳤어. 더 이상 달리지 않겠다!" 그는 꽉 쥔 주먹으로 테이블을 내리쳤다. 애원하는 목소리였다. "그만둘 수 있어. 불가능하지 않아. 도와줄 사람만 있다면 말이다. 하지만 나 혼자 해서는 소용없다. 난 알고 있다. 봐라. 왜 우리가 그 세월들을 잊을 수 없지? 왜? 봐라. 너도 달리고 있었다. 난 안다. 알 수 있어. 네 얼굴에 그 표시가 있고 난 그걸 알아볼 수 있어. 우리가 서로 도울 수는 없을까? 처음엔 어렵겠지. 나도 안다. 아니. 쉽지 않을 거야. 하지만… 우리 둘 다 너무나 지쳤고, 언젠가는 달리는 걸 멈춰야 해!"

이 곤란할 정도로 달라진 상황의 어딘가에서, 아서는 빛과 어둠의 공간을 가로질러 내다보았고, 이제 그가 기억하고 있는 모습에 가까울 정도로 젊어 보이는 아버지를 보았다. 희미한 반향과 함께, 그는 자신의 목소리가 낯설고 스스로도 확신 없이 말하는 것을 들었다. "모르겠어요…. 전 모르겠어요."

이 일의 가망성을 생각한 그 순간, 머릿속이 움찔했다. 그는 충격을, 기억 속의 탐욕스럽고 만족을 모르는 어두운 괴물이 튀어나오길 기다렸다. 하지만 어떤 충격도 오지 않았고, 괴물들도 튀어나오지 않았다.

무슨 말을 해야 할지, 무엇을 해야 할지 알 수 없었다. 초점 없는 눈으로 아버지 쪽을 쳐다보고 가슴에서 심장이 뛰는 소리에 귀를 기울였다. 시야에서 방 안이 흐릿해지고 현기증이 나자 빠르게 눈을 깜빡이고 고개를 흔들었다. 시선을 아버지에게서 떼고 식당 안을 둘러보았다.

그러자 갑자기 충격이 찾아오면서 몸이 뻣뻣해졌다. 어둠의 괴물이 으르렁거리는 소리를 들었다. 눈구멍 주위의 피부가 팽창했고 의자에서 반쯤 몸을 일으켰다. 경악으로 입이 딱 벌어졌다.

사람들로 북적이는 플로어를 미끄러지듯 가로질러, 흰 옷을 입은 채 손을 뻗고 있는 어머니가 있었기 때문이다.

어머니 주위에는 은빛 안개가 서려 있었다. 그가 기억하는 그대로 곱고 실체 없어 보이는 머리카락이 어머니의 머리를 어루만지고 있었고, 피부는 살아 있을 때처럼 하얀 색조를 띠었다. 어머니는 흐르듯 그에게 가까이 다가왔다. 점점 더 가까이 다가왔다.

그는 의자에 다시 등을 기대고 떨리는 손으로 눈을 가렸다. 어머니가 아니었다. 낯선 사람, 한 번도 본 적 없는 여자였다. 조명 때문이야. 그는 혼잣말했다. 조명, 약간의 닮음, 착각하게 만든 이 상황 때문이야.

하지만 시선을 들어 자신이 착각한 사람을 흥미롭

게 쳐다보지 않을 수 없었다. 그리고 두 번째로 놀랐다. 그가 보았던 여자가 그들을 바로 쳐다보면서 확신을 가지고 이쪽 테이블로 걸어오고 있었기 때문이다. 그는 어리둥절해하면서 얼굴을 찌푸리며 아버지 쪽으로 몸을 돌렸다.

하지만 홀리스 맥슬리는 그 시선을 마주 보지 않았다. 그도 그 여자를 보고 있었기 때문이다. 그의 얼굴은 걱정스런 기대로 뒤틀린 가면 같았다.

둘 중 하나가 입을 떼기도 전에, 여자는 테이블 앞에 있었다. 그녀는 귀에 거슬리는 목소리로 명랑하게 말했다. "홀리, 당신! 오늘 오후에 보고 싶었는데. 왜 전화 안 했어요?"

홀리스 맥슬리의 얼굴이 희미하게 상기되더니 어색하게 일어나 말을 더듬었다. "아, 내… 내가…."

그녀는 웃었다. 웃음소리가 날카로운 칼이 서로 부딪히며 희미하게 쩽그랑거리는 소리 같았다. "괜찮아요. 자기가 꼭 전화한다고 한 건 아니었으니까. 일어나지 말아요. 친구들하고 잠깐 들른 거니. 자기가 여기서 너무 진지하게 대화하고 있는 걸 보고 긴장을 좀 풀어 주려고 온 거예요."

여자는 고르게 난 작고 하얀 치아를 보이며 다시 미소를 지었다. 그녀는 앉아서 극도로 무심하게 자신을 살펴보고 있는 아서를 흥미롭게 쳐다보았다.

홀리스 맥슬리는 둘 중 누구도 보지 않았다. 테이블보에 주름이 생길 정도로 꽉 쥔 주먹으로 몸을 지탱하면서 테이블 위에 시선을 두고 있었다.

여자는 다시 웃었다. 하지만 그 소리는 억지스럽고 긴장한 기색이 역력했으며 불안했다. "그럼." 여자가 말했다. "더 이상 방해하지 않을게요. 난 그저…."

홀리스 맥슬리는 고통스러운 혼란 상태에서 본능적인 품위를 상당히 회복했다. 그가 말했다. "미안해. 엘런. 여긴 내 아들 아서 맥슬리야. 아서, 이분은 엘런 필립스 양이다."

필립스 양은 홀리스 맥슬리에게 놀라움의 눈길을 보냈다. "아들이요? 와, 홀리. 난 자기한테…." 여자는 말을 멈추고 꼼짝도 않고 있던 아서 쪽으로 몸을 돌렸다. 그리고 다시 미소를 짓더니 매니큐어가 예쁘게 칠해진 작은 손을 내밀었다. "만나서 반가워요."

그는 내민 손을 무시했다. 그녀의 말에 대답하지도 않았다. 아버지가 그에게 괴로운 눈빛을 보내고 있는 것을 알았지만 움직이지 않았다.

여자는 홀리스 맥슬리를 쳐다보다가 목소리를 바꿔 말했다. "방해가 됐다면 미안해요, 홀리스. 나중에 봐요." 그러고는 재빨리 자리를 떠나 사람들 속으로 사라졌다.

홀리스 맥슬리는 다시 천천히 자리에 앉아 아들을 쳐다보았다. 아들의 얼굴은 굳어 있었고 창백했으며, 눈은 굴절 유리 뒤에서 타오르고 있는 허물어진 석탄처럼 충혈되어 있었다.

단호한 침묵의 순간 후에 홀리스 맥슬리가 말했다. "별일 아니다. 잊어버려라."

하지만 따뜻함의 순간은 지나갔고, 다시 오지 않으리라는 것을 두 사람 다 알았다. 그것은 상실이었다. 아서의 일부는 그 상실을 슬퍼했다. 피할 수 없다는 것을 처음부터 알고 있었던 그 상실이었다. 그리고 하찮은 일이었다. 그의 논리에서는 그렇게 이름 붙였다. 하찮은 일이어야 했다.

아버지 말대로 중요하지 않은 일이었다. 그렇지만… 그렇지만 마치 그들 두 사람의 운명을 관장하는 우연 같은 영(靈), 미지의 힘이 이 일을 일어나게 만들고, 그가 즉시 알아챌 수 있는 이상하고 말로 설명할 수 없는 의미로 그 일을 채운 것 같았다. 이제 그 의미가 그의 정신 속으로 들어와 눈먼 증오의 순간을 만들어, 과거의 모든 따뜻함과 이해를 파괴하고, 그 자리에 형언할 수 없는 고통과 혐오감의 비틀린 패턴을, 자신의 앞에 있는 무방비의 존재를 향한 복합적인 분노를 남겨 놓았다.

"잊어버려라." 아버지가 다시 말했다.

잊는다. 그는 씁쓸하게 생각했다. "잊어버려라." 그는 크게 말했다.

그의 기억 모퉁이에, 지금보다 행복했던 시기에 더 행복했던 방을 가로질러 왔던, 온통 하얀 옷을 입은 날씬한 존재에 대한 환상이, 지금보다 젊은 아버지(지금 앞에 있는 갈색 유령)의 환상이, 그리고 그 자신의 환상이 갑자기 나타났다. 셋은 걷고 있었다. 덥고 향기로운 여름의 별빛 아래 있었다. 다른 시간, 다른 장소는 생각하지 않았다. 모든 게 완벽했고, 다른 게 필요 없었으며, 나쁜 일도 없었다. 그래서 불신도, 모호한 불안도, 아무것도 없었다.

"전 잊을 수 없어요."

그는 자신의 말을 들었고 그 천박한 소리를, 그 말을 낳은 머리를, 밖으로 내보낸 입술을 증오했다.

"그렇게 심각하게 받아들이지 말아라." 아버지가 말했다. 아버지의 이마에 작은 땀방울이 빛나고 있었다. "그 여자는… 아무것도 아니야. 너도 이해하지?"

분노에 차 이성을 잃은 말들이 솟아올라 입에서 터져 나왔다. "아니요!" 그가 말했다. "이해 못 해요. 어떻게, 어떻게 저런, 저런 싸구려를…." 그는 순간적으로 구역질이 나 몸을 떨면서 고개를 흔들었다. 다시 입을 열었을 때 그의 목소리는 더 차분해졌고, 더 의심에 찼다. "아니요, 전 이해 못 해요. 왜 그렇게 변했죠? 늘 똑같았는데? 그때가 기억나요. 하지만 지금은 모든 게 최악이에요. 불행이죠. 아버지, 저, 온 세상, 모든 게요. 돌아갈 수 없나요? 그때처럼 될 수 없나요? 뭐가 잘못됐죠?"

"하지만 그게 내가 원하는 거다." 아버지의 말은 이상하고 가망 없는 진지함을 가지고 몸부림치고 있었다. "모르겠니, 아트? 그게 내가 원하는 거야. 다시 전처럼 사는 것, 돌아가는 것. 우린 그렇게 할 수 있다. 만일 네가…."

"아니요, 지금은 아니에요. 아니라고요. 아, 말해 봐야 무슨 소용 있겠어요. 아버지는 돌아가지 못해요. 아버지도 그걸 알죠. 그런 생각이 잠시 들었지만 이젠 더 이상 아니에요. 전부 사라졌어요. 모든 게 다시 추악해졌어요. 게다가 그 여자… 어떻게 감히….'

홀리스 맥슬리는 힘없이 손을 들고, 마치 몸을 가누지 못하는 권투선수처럼 그의 눈앞에서 흔들었다.

"알았다." 그가 말했다. "그래. 소용없는 것 같구나. 처음부터 이럴 것 같았다. 미안하구나. 맙소사, 미안하다. 내가 무슨 말을 할 수 있겠니? 다른 사람이라고 다를까? 하지만 지금 상황을 모르겠니? 자신의 생각과 마주할 수 있을 만큼 강하지 못하면, 혼자 있는 건 최악이란다. 넌 오랫동안 혼자 버텨 왔어. 그리고… 그리고 넌 더 이상 혼자 있을 수 없단다. 뭐라도 해야 해. 아무리 바보 같은 일이라도. 설령 네가 혼자라도, 혼자가 아니라고 스스로에게 믿게 만들어야 해."

"그 여자 하나만이 아닌 것 같은데요."

"왜 그 여자 얘기를 계속하니? 그래, 그 여자 하나만이 아니다. 다른 여자들도 있었다. 어리석은 일이지. 다른 여자들이 있었다. 너도 알다시피 잘못은 아니지. 하지만… 그 여자들은 전부 네 엄마를 닮았어.
스스로 그렇게 믿으려고 했다…. 아니. 다른 여자들이
있었어. 왜 없었다고 말해야 하지? 모르겠어?"

그들은 서로를 응시하며 꼼짝 않고 앉아 있었다.
오랫동안 바라보면서 둘 중 아무도 입을 열지 않았다.

마침내 홀리스 맥슬리는 극심한 고통에 찬 목소리
로 울부짖었다. "맙소사. 넌 내가 이런 식으로 살고 싶
어 한다고 생각하는구나?"

그의 아들은 갑자기 일어나더니 의자를 테이블에
서 뒤로 밀었다. 아들의 얼굴은 말로 표현할 수 없는
동정심과 증오가, 경멸과 인정받지 못한 사랑 때문에
헛되이 싸우고 있는 비틀린 가면이었다.

"아버지는 바보예요." 그는 부드럽게 속삭였다. "가
엾은 바보." 그는 자신이 누구에게 말하고 있는지 몰
랐다.

아서는 웅크린 아버지의 모습을 마지막으로 쳐다
보았다. 다시는 아버지를 만나지 않겠다는 생각이 머
릿속을 빠르게 지나갔다. 예상치 못한 눈물로 시야가
흐려졌기 때문에 몸을 돌려 서둘러 방을 나갔다.

○

비틀거리며 호텔 로비를 나왔을 때, 그는 어둠이 내려온 것을, 하늘에서 몰래 기어 내려와 도시의 오래된 전투에 끼어든 것을 발견했다. 거리의 불빛과 광고판이 불쌍할 정도로 격렬하게 식식거렸지만, 그들의 저항은 밤의 엄청난 힘을 돋보이게 하는 데 지나지 않아 보였다.

그는 오염된 공기에 몸서리치며 심호흡했다. 저녁과 함께 여름의 한기가 찾아왔고, 차가운 바람이 옷깃을 때리며 지나갔다. 몸을 떨며 어깨를 웅크리고 손을 주머니 깊이 찔러 넣었다. 식당의 텁텁한 공기에서 급격히 변한 게 매우 불편했다.

거대한 인파가 주변에서 소용돌이치는 동안, 인도

에서 갈 곳을 정하지 못하고 잠시 서 있었다. 그러고 는 단조로운 흐름에 뿌리째 뽑히기라도 한 모양새로, 밀려드는 인파의 급류 속으로, 좁은 강가 사이에서 흔 들리며 떠다니는 표류물처럼 느릿느릿 들어갔다.

대도시의 밤 소음이 그의 귀를 괴롭히면서 메아리 치는 감각의 납골당으로 흘러 내려와, 모든 도시가 하 나의 거대한 음의 진동이 될 때까지 커졌다 작아졌다 하는 파도처럼 쌓이며 울렸다. 거리를 따라 늘어선 가 게 창문의 과시하는 불빛, 거대한 네온사인, 도시의 무수한 가로등, 복잡하게 구불구불 이어지는 인파, 인 도 위에 달팽이 같은 주름 모양으로 반사되는 자동차 불빛, 이 모든 것들이 끝없는 소음이 만드는 귀에 거 슬리는 음악과 시각적인 대위법을 이루었다.

이 한여름 저녁에 사람들로 붐비는 거리를 따라 걸 어가는 동안, 대중의 무시무시한 몰개성 속에서만 느 낄 수 있는 특별한 외로움이, 다른 상황에서는 결코 느낄 수 없는 순수한 외로움의 비할 데 없는 느낌이 찾아왔다. 끝없이 펼쳐진 사막에 혼자 있는 사람이라 도 붐비는 도시의 무한함 속에서 길을 잃은 사람보다 는 외롭지 않다. 사막에 혼자 있는 사람은 아무리 보잘것없더라도 자기 자신의 중요성, 자신이 볼 수 있는 공간과 자신과의 관계를 언제나 인식하고 있다. 하지만 바글거리는 군중 한가운데 혼자 있는 사람은 개인으로서의 자신에 대한 인식을 잃는다. 수백 개의 낯선 몸들이 서로 모른 채 자신의 몸을 누르고, 수백 개의 낯선 눈이 알지도 못한 채 그의 얼굴을 멍하니 쳐다보며, 위쪽이나 옆에서는 언제나 목소리가 들리지만 절대로 그에게 말하는 게 아니다. 여기에 진정한 외로움이 있다. 인파에 휩쓸려 다니는 동안 그는 이러한 것들을 희미하게 인식했다.

하지만 그는 갑자기 난폭하게 몸을 비틀어 인파에서 빠져나와, 가게 창문의 평평한 유리 경사면에 납작하게 몸을 붙인 채, 자신이 빠져나온 인파가 빠르게 몰려가는 것을 보았다. 흐트러진 정신을 수습하면서 잠시 서 있었다. 위에는 문이 몇 개 있었고, 광고판이 주기적으로 꺼졌다 켜졌다 하는 것을 볼 수 있었다. 지금 서 있는 곳에서는 광고판 글자를 읽을 수 없었다. 좀 더 가까이서 보기 위해 몸을 뒤로 뺄 엄두는 나지 않았다. 굶주린 인파가 그를 집어삼켜 잡아먹을까 두려웠기 때문이다. 하지만 다행히 광고판 아래 틈에서는 웃음과 음악 소리가 요란하게 흘러 나왔다. 문 안으로 들어갈 수 있을 때까지 여전히 높은 경사에 몸을 붙인 채로 인도를 따라 내려갔다. 문 안으로 들어가자, '뤼장(Luisant's)'이라는 글자가 번쩍이는 네온 사인을 알아볼 수 있었다.

자신이 작고 부드러운 조명이 켜져 있는 현관에 서 있다는 걸 알았다. 휴대품 보관소의 수수하게 차려입은 여직원이 마스카라를 바른 눈으로 피곤한 듯 쳐다 보았다. 모자를 건네고 마분지로 된 보관증을 받았다. 댄스홀 오케스트라가 조용하게 흐느끼고 있는, 나무 판으로 된 이중 문 쪽으로 걸어갔다. 오케스트라가 연주하고 있는 음악은 거리에서 들었던 곡이었다.

댄스홀의 방은 예상보다 컸다. 입구가 좁고 현관은 작아서, 방도 똑같이 좁고 사람들로 붐빌 거라고 생각했다. 후자는 맞았다. 하지만 방 자체는 놀라울 정도로 널찍했다. 왼쪽에는 전체가 바로 사용되는 벽감이 있었다. 그 앞에 있는 크롬과 빨간색 가죽으로 된 높고 둥근 의자에는 대부분 사람들이 앉아 있었다. 그들은 거의 조용하게 술 마시는 데만 몰두했고, 다소 음울하게 바 거울에 비친 자신들의 모습을 보고 있었다.

가끔 잔이 덜거덕거리는 소리와 칵테일 셰이커의 획획 소리를 빼면 소음이 거의 나지 않았다. 진짜 소리는 테이블, 댄스 플로어, 오케스트라가 있는 더 큰 장소에서 났다. 그는 머뭇거리는 표정으로 방의 바깥쪽 끝에 섰다.

웨이터가 그를 위아래로 살피면서 조심스럽게 다가왔다. 웨이터가 머릿속에서 직업상 그를 살펴보며 등급을 자동 분류하는 소리를 들을 수 있을 정도였다.

"예약하셨습니까, 손님?" 웨이터가 물었다. 공식을 알 수 있었다. 그는 미소를 지었다.

"아니요."

"예약하지 않으셨다고요? 오, 이런." 웨이터는 물러서는 척하더니 검지를 턱의 갈라진 틈에 정확하게 대고 허공을 응시했다. 그러고는 대단한 호의를 베푸는 양 속삭였다. "제 생각엔… 네. 아주 좋은 자리가 있습니다…. 방금 전에 취소된 걸로 압니다. 따라오시죠."

그들은 함께 자리를 옮겨 방금 전에 취소된 테이블 쪽으로 갔다.

웨이터는 과장된 동작으로 절을 하며 의자를 뒤로 뺐고, 그는 앉는 자세를 취했다. 의자의 끝부분이 마법처럼 무릎 뒤쪽에 부딪혔다. 다리가 접히고 자연스럽게 앉을 수 있었다. 코 아래 갑자기 나타난 메뉴판을 바라보았다.

"아니요." 그는 멍하니 말했다. "아직은요. 우선… 브랜디와 소다 주세요. 네."

웨이터는 갔고 그는 팔꿈치를 흰색 테이블 위에 놓았다. 리젠시 호텔의 식당에 아버지를 남겨 두고 떠난 후 처음으로 움직이지 않았다. 심란한 마음으로 멍하니 거리를 헤매는 동안, 어떤 좋은 순간이 될 때까지 모든 느낌이 일시적으로 정지된 것 같았다. 그리고 이제 그 순간이 여기 그 앞에 왔고, 그의 고통이 성난 파도처럼 몰아닥쳤다.

왜 진실하고 깊은 감정은 위장에서 그렇게 자주 나타나는 걸까. 그는 쓸쓸함과 고뇌에 찬 유머감각으로 생각했다. 갑자기 창자가 아팠기 때문이었다. 거대한 주먹이 뒤틀고 찢는 것 같았다. 이마에서 땀방울이 배어나왔고, 병이 났다고 잠깐 생각했다. 하지만 통증을 가라앉히고 몸 안에 억눌렀다.

메스꺼움이 멈추자 약간 진이 빠진 듯한 안도감이 들었다. 묘한 노곤함이 퍼지면서 완전히 기진맥진했다. 지독할 정도로 몹시 피곤해진 채 편안해졌다. 어떠한 움직임이 고마운 무기력을 파괴한다는 사실을 알았다면, 바로 그 순간 나이트클럽을 나가 아파트로 돌아가 기다리고 있는 침대에 몸을 던진 다음, 영원히 잠들었을 것이다. 하지만 자신의 상태가 불안정한 균형 중 하나임을 알았기에 그 균형을 흔들지 않았다.

음악은 잠시 멈춘 상태였다. 오케스트라 지휘자가 단원들이 있는 작은 플랫폼 위로 올라가는 것을 곁눈질로 보았다. 지휘자는 단원들을 향해 지휘봉을 싫증난 듯 흔들었다. 단원들은 반쯤 피운 담배를 끄고 악기를 집어 들었다. 지휘자는 지휘봉을 급히 내리 저었다. 음악이 울려 나왔다.

수많은 사람들이 테이블에서 일어나 댄스 플로어로 흘러나오면서 방의 무게가 이동했다. 값비싼 옷을 차려입은 여인들이 번드르르하게 입은 남자들과 몸을 부딪혔고, 괴상하고 기계처럼 정확한 사교춤이 시야를 채웠다.

그가 생각하기에 그들은 보이지 않은 손이 조종하고 있는 수많은 벙어리 꼭두각시 같았다. 나무와 찰흙으로 만든 이상한 크기의 수없이 많은 작은 조각상들이, 반짝이는 해진 천을 걸치고, 페인트칠과 몸치장을 하고, 기계적인 미소를 띤 채, 보이지 않는 줄 위에서 밀었다 당겼다 하는 것 같았다. 그가 본 것은 보통 사람들의 사교춤이 아니었다. 그가 본 것은 무언극, 마리오네트 발레의 바보 같은 단순성을 가진, 끔찍하게 그로테스크하고 유치하며 무시무시한 행위였다.

그는 집중해서 보면서, 자기가 원하기만 하면 이 춤추는 사람들의 행동을 늦추고 조절하며, 중지시킨 다음 각 자세를 관찰하고 분석할 수 있을 것 같았다. 그들을 경련하듯 조화를 이루며 홱홱 움직이다가 오케스트라에서 다음 박자의 음악이 흘러나올 때까지 일시 정지해서 꼼짝하지 않고 있는, 결합된 몸들로 보는 게 재미있었다. 그는 그들이 다시 홱 움직였다가 멈추고, 이어지는 각각의 박자에 따라 비현실적으로 일그러지고, 급하게 움직이며, 비틀리고, 꿈틀거리고, 멈추는 것을 볼 수 있었다.

초점을 바꿔 그 행동들이 정상적인 가속에 이를 때까지 속도를 높이게 했다. 플로어는 뱀장어 같은 몸들이 물속에서 멈췄다 움직였다 하는 것처럼 몸을 비틀고 흘러가는 웅덩이가 되었다. 남자들과 여자들은 거의 딱 붙어서, 다른 세상에서 온 대조적인 색깔의 머리 둘 가진 괴물 같은 하나의 불규칙적이고 거대한 형태를 이룰 때까지, 서로의 몸을 함께 누르고 있었다. 입술은 동시에 미소 짓고, 악의에 차 으르렁거리며, 깊은 고통으로 찡그리느라 이빨에서 터무니없이 오므려지고 있었다.

모든 히스테리컬한 움직임과 불규칙한 비틀림에도 불구하고, 춤추는 사람들에게는 기계적이고 음울한 기본적인 몇 가지가 있었다. 그들의 중요하지 않은 육체적인 부분만이 춤추고, 나머지 더 중요한 부분은 상상도 못할 높이에서 내려다보고 있는 것 같았다. 혹은 그들이 그가 처음에 상상한 것처럼 사실은 나무로 된 몸에 찰흙으로 만든 얼굴을 한 꼭두각시들이고, 실제 생명과 조금이라도 비슷해지려고 필사적으로 애쓰지만, 가까워질 방법을 찾지 못하고 실패할 것을 알고 있는 존재 같기도 했다.

옆에서 작고 조심스러운 기침 소리가 들렸다. 고개를 드니 웨이터가 브랜디와 소다를 놓은 은도금 쟁반을 들고 조심스럽게 서 있는 게 보였다. 고개를 끄덕였다. 웨이터는 앞에 술을 놓고 갔다.

잠시 동안 긴 잔에 든 호박색 액체를 살펴보았다. 그 안에는 마치 불길이 타오르는 것 같은 빛깔이 있었다. 움직이지 않는 빛깔과 방의 뒤섞인 소리들의 최면성 웅얼거림에 거의 홀린 상태로 앉아 응시하고 있다 보니, 자기 육체를 느리고 미묘하게 떠나서 다른 차원으로 올라가, 기이한 전지전능함을 가지고 자신을 내려다보는 것 같았다. 그렇게 육체에서 떠날 때 어떠한 분리감도 없었다. 세포가 스스로 분열해 전에는 하나만 있던 개체에서 두 개체를 만들어 내는 복제에 더 가까웠다.

정신과 육체의 힘이 급격히 약화되는 걸 느꼈다. 이제 하루 전체가 거대한 시련의 일부였다는 걸 깨달았다. 그를 이렇게 약하게 만든 것이 무엇인지 딱 하나를 정확하게 짚어 말할 수 없었다. 너무 많은 사건이 있었고, 각 사건은 다른 사건 위에 쌓였으며, 각자는 그 자체의 긴장감을 만들어 냈고, 이제 그 총합이 그의 신경을 너무 강하게 끌어당겨서 자기를 방어하기 위해 반응할 방법이 없었다.

왜 여길 왔지? 이곳은 안식처가 아니었고, 그도 알고 있었다. 무엇이 그를 패턴이나 의미도 없는 복잡한 미로로 계속해서 더욱더 깊이 인도해 왔을까?

갑자기 그는 사는 동안 무슨 일이 일어나더라도, 자신의 탓을 할 수 없다는 것을 믿게 되었다. 그는 행동한 적이, 자신의 자유 의지로 행동한 적이 전혀 없었기 때문이다. 무엇이라 지칭할 수 없는 어떤 힘이 그를 한 곳에서 다른 곳으로 밀었고, 가고 싶지 않았던 길로 내려놓았고, 알지도 모르고 알고 싶지도 않았던 문을 통과하게 했다. 모두가 어둡고 이름이 없었으며, 그는 어둠 속을 걸었다.

크게 한숨을 쉬었다. 그리고 육체 안으로 돌아왔다. 호박색 액체 안의 빛깔은 방의 숨겨진 조명이 반사된 것에 지나지 않았다.

잔을 집어 들었다. 손가락에 냉기가 느껴졌다. 한 모금 마셨다. 차가운 술이 윗입술에 닿으며 간질이고 감각을 마비시켰다. 맛을 즐기는 척 입술에 갖다 대며 음미하는 양 감탄하는 소리를 냈다. 다시 의자에 등을 기대고 천천히 마시며, 저녁이, 마치 읽지 않은 책처럼 한 문장 한 문장 모습을 드러내길 기다렸다.

○

그 여자는 갑자기 그의 시야에 들어온 게 아니었
다. 그녀의 존재는 밤의 미묘함과 함께 살금살금 다가
왔고, 처음에는 그의 눈의 무의식적 구석에서만 포착
되었다. 그녀가 그렇게 움직임이 없는 상태가 아니었
다면 전혀 눈치채지 못했을 것이다. 그토록 빠르게 이
동하지만 변하지 않는 방에서, 그녀는 움직이지 않는
유일한 존재였다. 다른 사람들은 플로어 주위에서 목
적 없이 떼 지어 이동하고 꿈틀거리며 나아가고 있었
지만, 그녀는 바의 벽감으로 이어진 공간의 넓은 아치
형 틀에 무기력하고 공허하게 기대고 있을 뿐이었다.

그녀를 좀 더 자세히 살펴보기 위해 눈을 고정시켰
다. 그녀는 그의 시야 영역에 간신히 존재하는 모호한

형체일 뿐이었다. 하지만 그녀를 완전하게 보지 않으면서도, 그녀가 그를 똑바로 쳐다보고 있다는 이상한 느낌이 들었다. 처음에는 브랜디를 몇 잔 마셨기 때문에 과민하게 헷갈린 것으로 생각하고 충동적으로 떨쳐 버렸다. 하지만 그 느낌은 여전히 지속되었고, 없앨 수 없었다.

그것은 자신과의 작은 게임, 실제로 몸을 돌려 그 여자를 보지 않고 그 느낌을 없애려는 내적 싸움이 되었다. 청하지도 않았고 설명할 수도 없는 시선을 받았을 때 느끼는, 설명 불가능한 당혹감으로 목 뒤쪽이 빨개지는 걸 느꼈다.

마침내 그는 고개를 살짝 움직이면 문제를 해결할 수 있을 것이라고 혼잣말했다. 그 여자를 보자. 하지만 아주 잠깐. 다시 혼잣말했다. 그러고는 다시 더 중요한 일, 예컨대 브랜디로 관심을 돌리자.

하지만 쳐다보는 것을 한참 미뤘기 때문에, 이젠 더 이상 쉽게 할 수 없었다. 그만의 개인적인 실패는 그를 남몰래 당황케 했다.

그는 거의 죄를 지은 것처럼 상체를 돌려, 바로 들어오는 아치 입구의 문틀에 너무도 안락하고 편안하게 기대 있는 그 여자를 똑바로 응시했다.

여자는 아주 예뻤다. 그 사실을 즉시 알아챘다. 방에 있는 여자들 중에 가장 예뻤다. 오랜 시간 봐 왔던 여자들 중에 가장 예뻤다. 작고 균형 잡힌 몸에 빨간색 실크 저지 천으로 된, 편하게 몸에 달라붙는 드레스를 걸치고 있었다. 그녀는 문에 긴장한 듯 서 있었다. 한쪽 다리가 다른 쪽 다리의 앞부분을 살짝 밀고 있는 모습이었다. 아래로 흘러내린 여자의 드레스가 접히며 노출된, 엉덩이와 허벅지의 긴 곡선을 볼 수 있었다. 가는 허리에서부터 섬세하고 완벽한 형태의 가슴이 부풀어 올라 드레스의 팽팽한 보디스[6]를 밀고 있었다. 그녀는 어두웠다. 피부도, 머리카락도, 눈도. 입술은 도톰했고 밝은 카민색[7] 이었다.

그리고 그녀는 그를 보고 있었다.

그때 그는 다른 무엇인가를 깨달았다. 그녀는 많이 취해 있었다. 문에 기댄 자세는 휴식이 아니라 몸을 지탱하기 위한 것이었다. 쳐다보고 있는 동안, 그녀는 눈에 띌 정도로 몸이 흔들리다가 문틀을 잡고 균형을

---

6. 드레스의 상체 부분.
7. 빨강의 순색과 비슷하나 채도가 약간 약한, 서양에서 건너온 홍색.

유지했다. 입은 미세하게 벌어졌고, 입술 모서리는 곡선을 그리며 내려와 거의 반원형이 되었다. 그녀는 그를 변함없이 쳐다보았지만 미소는 짓지 않았다.

당혹감이 다시 돌아와, 이 사랑스러운 여자를 보고 있던 잠깐의 기쁨을 넘어섰다. 보지 않는 척하면서 어깨 너머로 볼까? 하지만 거부했다. 너무 오래, 너무 정신없이 쳐다보고 있었다. 그는 빠르게 침을 삼킨 후 고개를 숙이고는 입술에 억지로 불안한 듯 미소를 지었다.

그녀는 그 작은 인사를 곧바로는 눈치채지 못했다. 그녀의 음울한 얼굴에는 어떠한 움직임도 스쳐가지 않았다. 점점 불편해졌지만 삼십 초쯤 더 지나 결국 그녀가 그의 시선을 마주했다. 그러고는 경고도 없이 다시 앞쪽으로 몸을 흔들었다. 그리고 그가 있는 쪽으로 방을 빠져나가듯 가로질러 왔다.

그는 짧고 맹렬하게 몰아치는 공황 상태를 느꼈다. 왜 미소를 지었지? 우울하게 생각했다. 그녀와 말하고 싶지 않았다. 테이블로 오는 걸 바라지 않았다. 그녀가 곧 다가올 텐데 무슨 말을 해야 할지, 어떤 행동을 해야 할지 알 수 없었다. 남아 있던 미지근한 브랜디와 소다를 서둘러 들이켰다.

어느새 그녀가 그 옆에 서 있었다. 염려스러울 정도로 불안정하게 흔들리는 몸으로 그를 다소 흥미롭게 내려다보았다. 그녀가 넘어질까 걱정돼서 재빨리 일어나 뻣뻣하게 인사했다. 그제야 술기운이 올라온다는 사실을 깨달았다. 심하게 어지러웠고, 주위에서 방이 빙빙 돌았다. 의자 뒷부분을 붙잡고 그녀에게 미소를 지었다.

"안녕하세요?" 그는 격식을 차려 말했다. "앉으시겠어요?"

그녀는 멍한 눈으로 그를 바라보았다. 목소리는 쉬었고 약간 잠겼을 뿐이었다.

"동행이 있었어요. 지금 어디 있는지 모르겠네요. 가 버린 것 같아요."

그의 입가에 미소가 떠올랐다.

"정말인가요? 어쩌다 그렇게? 음… 앉으세요. 일단 앉으세요." 그는 자신이 생각하기에 다정한 매력을 실어 말했다.

그녀는 간신히 우아함을 유지하면서 그가 잡아 준 의자에 쓰러졌다.

"목말라요." 그녀가 말했다. "너…어…무 목말라요."

그의 공황 상태는 사라졌다. 그 자리에 가뭄이 해 갈되는 것 같은 일종의 만족감이 자리했다. 그는 허공에 팔을 되는 대로 흔들어 웨이터에게 신호를 보냈다.

"그러시군요." 여자에게 말했다. "그러시겠네요. 뭘 마시겠어요?"

"아무거나요. 아무거나 상관없어요."

그는 목청을 가다듬으며 돌아섰다. 웨이터가 옆에 참을성 있게 서 있는 것을 발견했다. 쉽게 결정하지 못해 아랫입술을 깨물며 빠르게 생각한 후 말했다.

"샴페인으로 하죠." 무심하게 말하려던 단어가 긴장하고 겸연쩍게 나와 버렸다. 여자 쪽으로 몸을 돌렸다. "샴페인 괜찮으시죠?"

그녀는 무심하게 고개를 끄덕였다.

그는 웨이터에게 말했다. "네. 샴페인으로요."

웨이터는 미심쩍은 듯 그들을 쳐다보더니 고개를 흔들고는 가 버렸다.

아서는 다시 여자에게 미소를 지었다. 그녀에게 밝게 웃었고, 그녀는 그를 나른하게 바라보았다.

"안녕, 꼬마 친구." 그녀가 말했다.

"안녕하세요." 그는 웃었다. "제 이름은 아서 맥슬리입니다."

"꼬마 친구." 그녀가 말했다. "당신을 꼬마 친구라고 부를래요."

그는 다시 웃었다. "그럼 당신은 누구죠?"

"나요? 내가 누구냐고요? 난 클레어예요. 클레어 헤그식. 보헤미아인이죠."

그는 혼란스러운 듯 미소 지었다. "뭐라고요?"

"내 국적이에요. 보헤미아 사람."

"좋은 국적인데요." 그가 말했다. "아주 좋아요."

"같이 온 사람이 있었다고 내가 얘기했나요? 그랬죠. 하지만 이제 그는 갔어요. 가 버렸죠. 어디로 갔는지 모르겠어요."

그는 놀라는 표정을 지었다. "당신을 여기 버려 두고 갔단 말인가요? 어떻게 그럴 수 있죠?"

클레어는 우울하게 말했다. "그놈은 개자식인 것 같아요."

그녀는 이 말을 한동안 곰곰이 생각했다.

그러고는 선언했다. "당신이 더 좋아요."

그는 활짝 웃었다. "그거 좋은데요." 그가 말했다.

"좋아요. 그래야죠."

그는 머리가 매우 가벼워졌다. 새롭고 명료한 눈으로 사물을 보기 시작했다. 아까의 우울함은 사라졌고 긴장이 풀렸다. 모든 게 아름답고 즐거웠다. 이렇게 상큼한 존재가 그의 옆에 있었다. 감탄하며 그녀를 바라보았다. 그녀의 눈이 그와 마주했지만 사실 그를 보고 있는 게 아니라는 걸 알았다. 둘의 눈이 마주치는 걸 허용하지 않는, 음울하고 불투명한 내향성이 아직 둘 사이에 존재하고 있었다. 하지만 기다리자. 그는 생각했다. 기다리자. 들떠서 생각했다.

샴페인을 들고 온 웨이터가 생각의 흐름을 방해했다. 웨이터가 병에 낯선 행동을 하는 것을 보고 매료되었다. 코르크 마개가 뽑혔을 때 놀라서 불안하게 킥킥 웃었다.

"난 샴페인이 좋아요." 클레어가 말했다. "기분이 좋아지거든요. 모든 걱정이 없어지죠."

그는 동의하며 기쁘게 웃었다. 그들은 격식을 갖추어 잔을 비웠다.

"하지만 강력함이 없어요." 그녀가 말했다. "난 강력한 게 좋은데."

그녀는 천천히, 꿈을 꾸듯 말했다. 그는 귀를 기울였지만, 그녀가 말하는 내용을 놓치기 시작했다. 그녀의 기분 좋은 목소리에 마음이 진정되는 것으로 충분했다. 그녀가 어떤 종류의 사람인지 궁금했다. (물론 재미있는 사람이지만…) 어디 출신이지? 어디 살지? 직업은 뭐지? 사실은 중요하지 않은 사소한 일들이 모두 궁금했다. 물론 나중에 알게 되겠지만, 부드러운 자장가 같은 그녀의 말에 귀를 기울이고 있자니 지금은 그런 일을 추측해 보는 게 가장 재미있었다. 속기사? 아니. 비서 타입으로는 보이지 않았다. 전혀 비슷하지 않았다. 게다가 그녀의 손톱은 너무 길고, 입술과 똑같은 색조의 빨간색 매니큐어를 칠했다. 저런 손가락으로는 타자기를 칠 수 없다(이런 추론을 하고 심하게 의기양양했다). 가게 점원? 사무원? 그런 타입도 아니다. 너무 날씬하고 잘 차려입었다. 그러면 뭐지?

여기, 사람들로 붐비는 유쾌한 장소에서 등을 기대고 편안히 앉아 예쁜 여자의 매력적인 목소리를 들으며, 서로의 존재를 발견하려고 하며 내내 생각에 잠기는 건 정말 즐거웠다. 신비한 여인. 진부하지만 지금 그에게는 매력적으로 느껴졌다. 어둡고 신비한 길들을 걷는다. 아무도 모르는 곳을 이리저리. 한밤의 속삭임. 만남. 그 어두운 색 머리카락에 있는 흰 장미(아, 그 아름다운 머리카락에 있는 흰 장미!). 모든 것을 알고 모든 것을 이해하는 친절함과 영원한 현명함. 이제 오케스트라는 잊을 수 없는 선율의 왈츠를 시작했다. 비엔나의 밤. 무도회장. 모두가 흠모하지만 아무도 모르는 여인.

그는 속으로 빙그레 웃었다. 귀에 들리는 키득거림에 가까울 정도였다. 이렇게 말도 안 되는 생각이라니. 잡지에나 나오는 이야기 같군. 그리고 짐짓… 아니, 멋진 생각이야. 아주 멋져. 그는 왜 멋진 생각을 하면 안 되지? 그러면 안 될 이유가 있나?

기분 좋은 몽롱함으로 클레어를 보며 미소 짓자 완전한 무중력 상태 같았다. 그녀는 말을 멈추고 다시 그 텅 빈 눈으로 그를 응시하고 있었다.

"네?" 그가 물었다. "뭐라고 하셨죠?"

그녀는 생각하면서 다시 말을 멈췄다. "모르겠어요." 그녀가 말했다. "기억나지 않아요." 그녀는 떨리는 손가락으로 샴페인 병을 가리키더니 기다렸다.

"네?" 그는 멍하니 물었다.

"병." 그녀는 진지하게 말했다. "병이 비었어요."

그는 약간 놀라며 병을 쳐다보았다. 이렇게 빨리? 시간은 아무 의미가 없었다. 웨이터가 코르크 마개를 따고 그들이 첫 잔을 든 게 불과 얼마 전인 것 같았다.

"그러네요." 그가 말했다. "비었어요. 뭔가 수를 써야겠는데요."

그는 신호를 보냈다. 웨이터가 다가왔다.

"이름이 뭐죠?" 그가 물었다.

웨이터는 재미있어 했다. "니콜스입니다." 그가 말했다.

"닉, 이 여자분과 나는…." 그는 물어보려는 듯 그녀 쪽으로 몸을 돌렸다. "같은 걸로 할까요?"

"아니요." 그녀가 말했다. "강한 걸로요."

"강한 걸로요, 닉. 한 병 갖다 주세요." 그는 원하는 크기를 경박스럽게 손으로 보여 주었다. "큰 병으로."

니콜스는 친절하게 웃었다. "죄송합니다. 테이블에서는 병으로 드실 수 없습니다."

"아, 그래도 좋아요." 그는 붙임성 있게 말했다. "괜찮아요. 계속 갖다 줘요. 브랜디. 큰 잔으로."

니콜스는 다시 미소를 지으며 고개를 끄덕이고는

자리를 떴다.

오케스트라는 긴 침묵을 스스로 의식하기라도 한 듯 급하게 음악을 시작했다.

"토할 것 같아요." 클레어가 말했다. "춤춰요."

그는 혼란을 느끼며 얼굴을 찡그렸다. 하지만 그 논리에 의문을 제기할 수 없었다. 그래도 주저했다.

"춤을 잘 못 추는데요."

"움직일 수는 있죠?"

"네."

"그럼 어서 춰요."

약간 어려움은 있었지만 그들은 수많은 사람들 속으로 스며들어갔다. 그는 머뭇거리며 팔로 그녀의 허리를 감쌌다. 손가락이 그녀의 등 쪽 맨살에 닿았고, 그는 마치 감전이라도 된 것처럼 움찔했다. 그녀는 킥킥거렸고, 그는 좀 더 확실하게, 다소 소심하게 다시 손을 댔다. 그녀는 그에게 몸을 붙였고, 그들은 음악에 맞춰 몸을 밀착하고 친밀한 리듬으로 움직였다(발을 움직일 공간이 없었다). 그는 생각했다. 이젠 나도 꼭두각시군. 이제 나도 보이지 않는 줄로 조종되고 있어. 이제 나는 웅덩이로 내려와 그들 중 하나가 됐어.

천천히, 감각적으로 몸을 흔들면서 그는 자신에게 밀착된 여자의 몸을 너무도 강하게 느낄 수 있었다. 그녀는 팔로 그의 목을 단단히 감쌌고, 일종의 무심한 굶주림으로 자기 몸을 그에게 밀어붙였다. 그녀의 단단한 가슴이 그의 셔츠 앞쪽을 찔렀고, 그는 함께 움직이면서 그녀의 허벅지가 그의 다리에 닿는 것을, 그녀의 배가 약간 떨리는 것을 느낄 수 있었다. 그들의 뺨이 닿자 그녀의 얼굴은 긴장했고, 그녀의 거친 숨결이 그의 귀를 간질이는 걸 느낄 수 있었다. 그들은 잠시 그런 상태로 있었다. 눈과 머리는 움직이지 않은 채 서로를 응시했지만, 몸은 계속해서 천천히 빙글빙글 돌면서 흔들고 있었다. 그리고 그녀의 벌어진 입술에 처음으로 미소가 떠올랐다. 느긋하고, 졸린 듯하고, 황홀한 미소였다. 그는 그 반쯤 닫힌 구체(球体) 속 깊은 곳에 쌓아 올린 불의 연기를 볼 수 있을 것 같았다. 그녀는 심술 난 것 같은 움직임으로, 아무 표정도 짓지 않고 그의 머리를 그녀 쪽으로 당겼다. 그는 오르락내리락하는 그녀의 숨길을 다시 한 번 뺨과 귀에서 느낄 수 있었다.

춤이 끝났다는 걸 깨달을 수 없을 지경이었다. 눈

에 띄게 떨면서 몸을 뺀 다음, 그녀의 팔을 잡고 테이블로 돌아갔다. 그는 거칠게 숨을 쉬었고, 얼굴에 약간 홍조가 서린 걸 느꼈다. 그들은 자리에 앉았다. 테이블 너머로 그녀를 쳐다보았다. 그녀의 얼굴에는 아까처럼 뚱한 듯 지루해하는 표정이 돌아왔다. 눈은 다시 흐릿해졌고, 뭐라 말할 수 없는 불만으로 입가가 처졌다. 그녀가 눈에 띌 정도로 달라지지 않았다는 것에, 댄스 플로어에서 가졌던 느낌을 너무도 빨리 잃어버렸다는 데 화가 났다.

목소리가 떨리지 않게 하려고 했지만 허사였다.

"지금은 좀 나아졌어요?"

그녀는 고개를 끄덕였다.

"훨씬 좋아졌어요. 빌어먹을 웨이터는 어디 있죠?"

"저기 오네요."

그들 앞에 술이 놓였다. 그들은 동시에 입술 쪽으로 집어 들어 마셨다. 그가 잔을 내려놓았을 때 아직 반 이상 남아 있었다. 클레어는 잔이 비워질 때까지 멈추지 않았다.

"훨씬 낫네요." 그녀가 말했다. "강해요."

"브랜디예요."

"그래요? 좋아요. 좀 지나면 맛이 똑같아지죠."

그는 취기가 올라오고 있다는 걸 알았다. 턱이 처지고, 입은 늘어진 듯 벌어졌고, 말이 꼬였다. 자기가 무슨 말을 하는지 몰랐다. 대화가 기적처럼 쉽게 이어진다는 것을, 목소리가 계속 흘러나오고 있다는 것을 알 뿐이었다. 계속해서 활짝 웃느라 뺨의 근육이 쑤시기 시작했다.

현실도피야. 당연해. 그는 생각했다. 완전한 현실도피. 하지만 그는 그 단어를 아주 싫어했다! 정말로 싫어했다. 너무 금욕주의적이다. 사람들은 간단한 이유도 찾을 수 없는 행동, 고귀한 행동과 저열한 행동 둘 다에 그 단어를 썼다. 도피. 물론이지. 거대한 혼란에서 더 작은 혼란으로의 도피. 여기서 적어도 그는 그 혼란을 이해할 수는 없어도 인식하고는 있다. 마주하고 있다. 물리치고 있다. 비록 잠시뿐이라도. 심지어 망각 속으로 흘려 보내야 하더라도. 브랜디와 소다는 우리 시대의 묘약이다. 늘어져서 술을 마시고 있는 클레어는 받침대 위에 올려진 고귀한 신분의 여자다.

고개를 젓고 오히려 더 활짝 웃었다. 자기 생각을 조절할 수 없다는 사실을 알았어도 문제없었다. 포근한 바람 속에 많은 엉겅퀴가 던져진 것처럼, 머릿속에서 생각들이 변덕스럽게 떠다녔다.

"뭘 보고 그렇게 웃어요?" 클레어가 예리하게, 다소 반항적으로 물었다.

깜짝 놀라서 마음을 가라앉혔다. 불안정하지만 정중하게 그녀 쪽으로 머리를 숙였다.

"아무것도 아니에요. 그저…." 그러고는 그 사실을 알아챈 것에 놀라 말했다. "좋은 시간이라서요."

그녀의 반항기는 사라지고, 술에 취해 심각해진 분위기로 빠져들었다.

"아, 알았어요. 좋은 시간을 보내고 있군요."

"네. 당신은 아닌가요?"

"물론이에요." 그녀는 모호하게 말했다. "왜 아니겠어요?"

"당신이 좋은 시간을 보냈으면 해요." 그가 말했다. 거의 수줍어하는 목소리였다. "당신이 좋은 시간을 보내길 바라요."

그녀는 나른한 듯 수수께끼 같은 시선으로 그를 바라보았다. "당신이 안 보여요. 이리 와요. 더 가까이."

의자를 더 가까이 앞으로 움직였다. 무릎이 그녀의

무릎에 살짝 닿았다. 그녀는 교묘하게 그 쪽으로 몸을
바짝 댔다.

"좀 나은가요?" 그가 물었다.

그녀는 느긋하고 공허한 미소를 지었다. "네, 이제
좀 잘 보이네요. 이름이 뭐라고 했죠?"

그는 다시 말해 주었다. 그녀의 질문도, 자신의 대
답도 거의 귀에 들어오지 않았다. 테이블 아래로 그녀
의 손을 더듬어 찾았다. 손가락이 그녀의 허벅지에 가
볍게 닿자 그는 재빨리 뒤로 뺐다. 하지만 그녀의 손
이 빠르고 기민한 움직임으로 그의 손을 붙잡아, 탄탄
하고 따뜻하며 부드러운 다리 위에 다시 놓았다.

그녀의 얼굴에는 표정 변화가 없었고, 목소리는 계
속해서 쉽게 흘러나왔다. 사소하고 지엽적인 일들만
이 전부인 것 같았다. 그들의 생각과 목소리와는 별개
였고, 자신들도 그것들을 반쯤만 의식하고 있는 것 같
았다.

"아서. 멋진 이름이네요. 당신이 좋아요, 아서." 하
지만 그녀는 그 순간에도 그에게서 멀리 떨어진 곳을
보고 있었다. "빌어먹을 웨이터는 어디 있죠?"

아서는 자유로운 손으로 손짓했다. 계속해서 그들

을 살펴보고 있던 웨이터는 알았다는 듯 고개를 끄덕이고 시야에서 사라졌다.

"누구한테 손을 흔들었어요?" 그녀가 무관심하게 물었다.

"웨이터요. 술을 가져오고 있어요."

"아, 그거 좋네요. 누구한테 손짓하는지 몰랐어요. 그래서 물어봤죠."

잠시 침묵이 흘렀다. 웨이터가 테이블로 다가와서 술을 내려놓았다. 그들은 자동으로 의식을 반복했다. 자유로운 손으로 잔을 들고, 조용히 건배한 다음 마셨다. 아서는 잔을 테이블에 내려놓고 긴 손가락으로 잔의 차가운 윤곽을 매만졌다.

클레어는 그를 열심히 쳐다보았다.

"더 해 봐요." 그녀가 말했다.

그는 멍하니 그녀를 쳐다보았다.

"당신 손이요." 그녀는 가리키며 말했다. "더 움직여 봐요. 당신 손이 좋아요."

그는 눈과 수평이 될 때까지 손을 올린 다음, 마치 그 손이 정말로 그의 몸 나머지 부분에 속해 있다는 걸 믿기 힘들다는 사실을 알아챈 양 응시했다.

"아." 그가 말했다. "내 손 말이군요."

"네."

그녀는 재빨리 손을 뻗어 그의 손을 잡은 다음, 테이블 위에 느슨하게 닿을 때까지 내리고는 손가락을 펴고 손바닥을 위로 하게 했다.

"정말 예쁜 손이에요." 그녀는 말을 이어갔다. "난 언제나 사람들의 손을 주시하죠. 처음 보는 게 손이에요. 어떤 사람들은 눈을, 어떤 사람들은 얼굴을, 다른 사람들은 머리카락을 보지만 난 언제나 손을 보죠."

말하는 동안 그녀의 눈은 그의 왼쪽 손목에 걸린 우아한 살덩어리에 흐릿하게 집중한 상태로 고정되어 있었다. 그래서 지금 그는 그녀의 시선을 따라서 쳐다보면서도 그게 자신의 몸 일부라는 것을 거의 깨달을 수 없었다. 그는 손가락을 시험삼아 꼼지락거렸다. 둘 다 그 이어지는 움직임에 즐거워했다.

"뱀 같아요." 그녀가 말했다. "흰 뱀이요. 하지만 난 뱀이 좋아요. 무섭지 않아요."

뱀 같지. 그는 생각했다. 단단한 분홍색 머리가 달린 길고, 하얗고, 연결된 뱀. 그 생각에는 기분 좋은 두려움이라는 어떤 특징이 있었다.

"당신은 당신 손을 어떻게 생각해요?" 그녀가 물었다. 그녀의 목소리는 흐릿했지만 꽤 매력적이었다. 악센트는 부드럽고 차분했으며, 따뜻하고 생기가 넘쳤다. "분명 멋진 일을 하겠죠. 그림을 그리나요? 음악을 연주하나요? 손으로 무슨 일을 하죠, 아서?"

그는 그녀에게 상냥하게 미소 지었다. 내부에서 힘이 솟는 걸 느꼈다. "아무것도요." 그가 말했다. "난 기생충이에요."

"멋진 일을 할 게 분명해요." 그녀는 마치 그가 입을 열지 않았던 것처럼 말을 이었다. "당신처럼 멋진 손을 가지고 있으면 멋진 일을 할 게 분명해요."

바로 그 순간, 그의 옆에 앉은 어둡고 사랑스러운 여자를 향한 피할 수 없는 애정의 홍수가 몰려들었다. 이성적으로는 그 애정을 떨쳐 버릴 수 있음을, 그 애정을 숙고해 보면 그건 브랜디의 작용, 너무 많은 알코올로 인한 감상적인 반응임을 깨달으리라는 것을 알았다. 하지만 그러한 즉각적인 깨달음도 감정의 강렬함을 덜어낼 수 없었다. 이 여자에게는 친절하고 선하며 너그러운 무언가가 있다는 것을, 그녀가 말하는 일상적인 단어들보다 더 깊은, 그가 그 자신에게 설명하는 단어들보다 더 깊은 무엇인가가 있다는 것을 불분명하게나마 느꼈다.

"저기." 그는 갑자기 불쑥 말했다. "하고 싶은 말이 있어요. 내가 많이 취했는지도 모르죠. 하지만, 어쨌든 나는 다…당신이 괜찮다고 생각해요. 나… 난 당신이 좋아요. 당신은 아름다워요. …하지만 내 말은 그게 아니에요. 그건 당신의 일부죠. 하지만…." 어질어질하고 자기 연민에 사로잡혀 말을 이었다. "난 그다지 즐거워해 본 적이 없어요. 내 말 알겠어요? 별로 즐겁게 살지 못했죠. 하지만 오늘 밤 난 즐거워요. 이렇게 즐거워해 본 기억이 없어요." 그는 슬프게 고개를 저었다. "다 당신 덕분이에요. 오늘 밤 당신이 없었다면. 난 그저 모든 게 이렇게 계속되기만을 바랐겠죠. 그리고 그건 전부 당신 덕분이고요."

그는 말을 멈추고, 격렬하지만 기분 좋은 당혹감에 빠져 의자에 다시 앉았다. 말하고 있는 그의 일부는 그 자신의 말과 그 진심에 눈에 띄게 감명 받았다. 하지만 그의 다른 일부인, 듣고 있는 자신은, 그가 말하는 내용의 부적절성과 어설픔을 깨달으면서 다른 종류의 당혹감에 빠져 있었다.

"당신은 좋은 사람이에요." 클레어는 반쯤 감긴 젖은 눈으로 그를 자세히 바라보았다. "당신이 그렇게 말할 때가 좋아요." 테이블 아래에서 그녀가 그의 손을 더 단단히 잡는 걸 느꼈다. "나랑 같이 있을 거죠? 다른 사람처럼 나를 떠나지 않을 거죠?"

그는 침을 삼켰다. "당신과 있을게요."

"좋아요." 그녀는 눈을 감고 갑자기 녹초가 된 것처럼 그에게 더 가까이 몸을 기울였다. "당신이 가 버리면 난 외로워지겠죠."

그는 그녀의 나른함에 빠져들어, 눈을 감고 만족스럽게 눈알을 굴렸다. 어둠, 따뜻한 고독, 침묵에 대한 필요성을. 긴장을 풀 수 있고, 성적인 의도가 아니라 나른하며 만족스러운 편안함으로 그녀의 몸을 부드럽게 만질 수 있는 장소에 대한 필요성을 강렬히 느꼈다. 사실 그는 자신이 눈이 멀고 시야가 가려지길 바랐다. 그렇게 되어야만 모든 감각이 가장 무디고 둔해진 상태에서 그 손길을 느낄 수 있기 때문이다.

장님은 얼마나 운이 좋은가. 그는 생각했다. 장님은 시야가 주는 잔인한 충격과 마주치지 않는다. 장님은 어두운 아름다움의 개인적인 세계에 홀로 완전히 존재한다. 물질적인 것의 의미를 알고 싶으면 만져서 그 형태를 알 수 있고, 종종 지식과 이해를 헷갈리게 하는 시각의 속임수에 당하지 않고 느낄 수 있다.

극도로 밝고 떠들썩한 그 방에서, 그는 자신이 눈과 귀가 멀기를, 느끼고 이해할 수는 있지만 아직 알지는 못하는 따뜻하고 감각적인 살덩이이길, 보지도 듣지도 말하지도 못하는 무기력하고 감수성이 예민한 실체이길 바랐다.

이 방의 번쩍이는 광경들을 차단하려고 눈을 더 질끈 감았다. 하지만 그럴 수 없었다. 모양과 형태는 덮어 없앴지만, 동작과 빛의 움직임은 여전히 느끼고 있었다. 장미색 불빛은 시야에서 사라지지 않으려고 했다. 그 불빛은 눈꺼풀의 얇은 피부를 뚫고 들어왔고, 아무리 필사적으로 노력해도 조명이 주는 불편함은 없앨 수 없었다.

그의 손은 여전히 클레어의 손가락 아래 놓여 있었다. 드레스의 얇은 천 사이를 통해서도 부드럽고 매끈한 그녀의 허벅지를 느낄 수 있었다. 피부는 거의 뜨겁다고 할 정도로 따뜻했으며, 그 피부가 하얀 것도 느낄 수 있었다. 혈액의 활기차고 격렬한 리듬을, 살

아래 숨은 떨림을 감지할 수 있었다.

심호흡을 하고 눈을 떴다. 머리 주위에서 방이 어지럽게 빙빙 돌았다. 재빨리 눈을 감았다.

클레어의 목소리가 불완전한 어둠 속으로 파고들었다.

"무슨 생각해요? 눈은 왜 감았죠?"

"아무것도 아니에요." 그는 미소를 지었다. "행복할 때는 늘 눈을 감거든요."

"하지만 날 볼 수 없잖아요. 날 보고 싶지 않나요?" 그녀의 목소리에는 어떠한 허영심도 무례함도 없었다. 단호하고 직설적인 호기심뿐이었다.

"당신을 느낄 수 있어요. 그게 더 좋죠."

그녀는 킥킥댔다. 햇빛이 비치는 시냇물에 있는 바위 위로 맑은 물이 떨어지는 것 같았다.

"당신의 손이 좋아요. 정말 멋진 손이에요. 이상한가요?"

"당연히 아니죠. 사랑스러운 얘기예요."

아직 그는 눈을 다시 뜨지 않았다. 손 위에서 천천히 움직이는 그녀의 손가락이 그를 감각의 혼수상태로 채웠고, 마침내는 스스로를 마비에 빠뜨릴 것 같았다. 더 이상 필요한 것도, 바라는 것도 없었다. 그녀도 마치 눈이 먼 것 같았다. 손가락 끝으로 그의 손의 모든 곡선과 꺼진 부분을 기억하는 것 같았다.

자신의 완전한 만족감을 그녀에게 전해 주고 싶다는 바람에 다시금 휩싸였다. 하지만 언제나 장애물이, 말이라는 장애물이 있었다. 지금 그가 느끼는 것은 말을 넘어섰고, 더 깊고 의미심장했다. 말하려고 입을 뗐지만 다시 다물고 아무 말도 하지 않았다.

그 순간 그는 그토록 갈망했던 이해가 반드시 그들 사이에 와야 하고, 그 이해는 존중받고 홀로 있어야 하며, 청하거나 확인하지 않아도 와야 한다는 것을 깨달았기 때문이다. 그는 잠시 동안 자신이 비밀을 찾아냈다고 생각했다.

이것은 남자와 여자를 함께 끌어당긴다. 마음 또는 정신의 만남도, 어두운 광기의 섹스에서 이루어지는 육체의 결합도 아니다. 그런 것들이 아니다. 얇은 레이스 리본보다도 연약한 인연과 유대를 만들려고 하는 미약한 요구다. 이것 때문에 그들은 함께 갈망하고, 끝없이 그리고 언제나 정말로 외로운 것이다. 이것 때문에 그들이 사랑하고 증오하며, 만나고 떠나는 것이다. 끊어질까 두려워 결코 시험해 볼 수 없는 가느다란 실, 둘로 갈라질까 두려워 결코 안심할 수 없는 섬세한 실 때문이다.

우리는 정말로 외롭다. 그는 생각했다. 언제나 참으로 외롭다.

클레어는 약간 놀라면서 그를 쳐다보았다. 그는 자신의 생각을 크게 말했다는 사실을 깨달았다.

"외로워요?" 그녀의 목소리는 혼란스러웠다. "우린 외롭지 않아요."

그는 억지로 웃었다. "아니요, 그런 뜻이 아니에요. 다른 거예요. 다른 걸, 완전히 다른 걸 생각했죠."

"왜요?" 그녀가 물었다. "왜 다른 걸 생각하죠?"

"그러게요. 왜일까요?"

그는 웨이터에게 손을 흔들었다. 갑자기 놀라울 정도로 유쾌해졌다. 사실 취기가 전혀 느껴지지 않았다. 황홀할 정도로 멍하고 따뜻한 감각이 퍼지면서 몸이 편안해질 뿐이었다. 단어를 발음하는 데 거의 문제가 없었다.

여전히 흥분해서 손을 허공에 흔드는 동안, 눈앞에서 방이 어두워지기 시작했다. 갑자기 죽음의 안개가 다가오는 것처럼 본능적인 공포의 전율을 느꼈다. 방의 조명이 흐려지고 있다고 이성이 말해 주었다. 의아해하며 클레어 쪽으로 몸을 돌렸다.

"잠깐만요." 그녀가 말했다. 이제 그녀가 눈을 뜨고 있는 것을 볼 수 있었다. 그녀는 아직도 그를 제대로 보는 건 아니었지만, 어떤 흥분으로 눈을 빛내며 쳐다보고 있었다.

"무슨 일이죠?" 그가 물었다.

"볼리타요."

"볼리타?" 그는 바보처럼 되풀이했다.

"물론이죠. 볼리타 보러 온 거 아니에요?"

"어째서… 아니요. 볼리타가 누군데요?"

"누군지도 모른다고요? 다들 볼리타를 보러 여기 오는데."

"아." 그는 상황 파악을 못한 듯 말했다.

"사람들이 여기 오는 이유는 그것뿐이에요."

그들이 이야기를 마쳤을 때는 칠흑처럼 어두웠다. 클레어는 그에게로 더 가까이 몸을 움직였다. 그녀가 숨 쉴 때마다 어깨가 그의 가슴에 닿고 몸이 조금씩 움직이는 것을 느낄 수 있었다.

그리고 방이 거대하고 흐릿한 직사각형의 그림자가 되었을 때, 방 안에 있는 사람들에게 침묵이 내려왔다. 웅성거리는 기대감을 잉태한 분위기였다. 눈이 어둠에 점점 익숙해지면서, 움직이지 않은 채 허공에 이상하게 걸려 있는 얼굴들의 형체 없는 바다를 알아볼 수 있었다.

이제 보이지 않는 오케스트라가 연주를 시작했다. 먼저 목관악기가 느리고 기이한 선율을, 그다음에는 현악기가 주선율과 음색을 더했고, 배경에서는 드럼의 청아하고 단조로운 리듬이 은밀하고 집요하게 부풀어 올랐다. 마침내 오케스트라는 하나의 악기가 되어 감각적으로 도발적인 멜로디의 선율을 내보내는 것 같았다.

음악이 흐르면서 방의 높은 곳 어디선가 조명이 켜져 빈 플로어를 내리 비치고 있었다. 처음에는 아무것도 볼 수 없었지만, 음악이 커지면서 조명은 더 밝아졌다.

기이하고 조용하게 꼼짝 않고 쭈그린 채 기다리고 있는 사람들의 시야에 볼리타가 나타났다.

관객들이 그녀를 더 가까이 보려고 앞으로 움직이

면서 약간의 동요가 일었다.

볼리타의 피부는 따뜻한 황금빛을 띤 갈색이었다. 그녀는 엉덩이 주위에 긴 거즈를 간단하게 걸친 모습이었다. 풍만한 가슴은 그와 비슷한 다른 천 조각을 밀어냈고 발목에는 가느다란 히비스커스 화환이 감겨 있었다. 그 외에는 아무것도 입지 않았다.

풍성한 머리카락은 야성적인 얼굴 주위로 흘러내려왔다. 얼핏 보기에는 무심한 얼굴이었다. 두껍게 화장한 눈꺼풀이 강렬한 눈 위로 내려와 있었다. 여윈 코가 콧구멍에서 놀라울 정도로 치솟아 있었다. 두툼하고 관능적인 입술은 살짝 벌어져 날카롭고 하얀 치아를 드러냈다.

그가 발견한 첫 번째 움직임은 그녀 손의 경련하는 듯한 작은 비틀림이었다. 손들이 움직였는데, 그 존재를 볼리타에게 의지하는 게 아니라, 음악의 열정적인 리듬 안에서만 살고 숨 쉬는 것 같았다. 너무나 여유로워서 따라하는 게 힘들 정도였고, 동작은 손가락 끝에서 손목으로, 팔로, 매끈한 어깨로 올라갔다. 그녀의 미끈한 피부 아래에서 수많은 뱀이 몸을 꼬는 듯, 우아하고 유연하며 섬세한 근육의 움직임을 볼 수 있었다. 그녀의 전신이 천천히 멜로디의 숨결에 따라 서서히 떨리기 시작했다.

하지만 그녀는 음악과 함께 움직이는 것 같지는 않았다. 그녀 자신이 아닌 악마적인 힘, 맞서 싸우려 했지만 헛수고인 그 힘에 이끌리고 있는 것 같았다. 음악의 줄이 그녀를 당기고, 그녀는 몸을 떨며 안간힘을 다해 저항해 보지만, 그 줄이 가리키는 대로 움직이고 회전할 수밖에 없었다. 그녀의 맨팔이 별개의 차원에서 흐르며 물결쳤고, 음악은 손쉽게, 극히 세밀하게 일 인치씩 그녀를 당겨 올렸다. 저항이 점점 잦아들면서 그녀의 몸은 부드럽게 흔들렸고, 팔들은 달래듯 머뭇거리며, 리듬의 거친 배경음에 맞춰 다른 삶에서 다른 춤을 계속하고 있었다.

스포트라이트의 무정한 불빛 속에서 그녀의 몸은 움직일 때마다 보석이 깎여 나가듯 반짝거리며 빛났다. 그는 의자에서 테이블 너머로 몸을 앞으로 움직였다. 방 한가운데서 제멋대로 흔들리고 있는 낯선 존재에 집중하느라 옆 사람들을 거의 인식할 수 없었다.

음악의 템포는 점점 더 광포해졌고, 그녀는 저항의 마지막 흔적마저 던져 버린 채 리드미컬한 연인의 품

속으로 뛰어들었다. 그녀는 홀린 듯 방 주위를 춤추며 돌았다. 그 홀림은 방에 있는 사람들을 붙들고 끌어들였다. 방에 있던 사람들은 거센 밤바람처럼 더 빠르고 귀에 들릴 정도로 숨을 쉬었고, 그들의 몸은 그녀의 제멋대로의 시야 앞에서 흥분으로 설레었다.

이 춤은 댄서 말고도 그 자체로 완전한 것이었다. 반짝이는 그녀의 팔다리, 빛나는 그녀의 육체, 완벽하고 무심한 동작, 음악의 피와도 같은 고동치는 박자, 박자, 박자. 이들은 전체를 이루는 각각의 작은 부분과는 독립된 하나의 요소가 될 때까지 섞이고 어우러졌다.

춤은 더 거칠고 거칠어졌다. 볼리타의 입술은 뒤로 말려, 창백한 치아에 세게 눌렸다. 눈은 감겼고, 이 가학적인 싸움, 이 고행 같은 몸부림에 빠져 있었다. 그녀의 가슴은 그것을 가리고 있는 얇은 천을 찢어야만 하는 듯 힘을 주고 있었다. 배의 매끈한 근육은 회전하고 뒤틀렸다. 몸은 손쉽게 경련을 일으키며 감당할 수 없게 요동쳤다.

이제 회전이 너무 빠르고 맹렬해져서, 그녀는 번쩍이는 흐릿한 형체가 되었다. 그의 시야에 새겨진 단편적인 순간들은 빙글빙글 도는 허벅지와 가슴을 떨리는 시선으로 스치듯 본 것뿐이었다. 귀는 방 안을 배회하는 느릿한 무언의 한숨으로 채워졌다. 그 역시 공통의 그물에 걸렸다. 긴장한 채 매혹되어, 춤의 마지막 순간을 필사적으로 잡으려는 생각에 몸을 앞으로 기댔다.

그러고는 악을 쓰는 듯한 음악의 불협화음과 함께 춤이 끝났다. 마지막 불협화음의 박자와 함께, 볼리타는 한 번의 엄청난 도약과 착지를 하면서 플로어 전체를 돌았다. 그 도약과 착지는 흑표범처럼 우아하고 편안했으며 그의 테이블에서 불과 몇 미터 떨어지지 않은 곳에서 이루어졌다.

그녀의 얼굴에는 거의 광기 어린 황홀경에 가까운, 깊게 도취된 것 같은 강렬한 표정이 있었다. 그리고 그는 순간적으로 주위를 의식하지 않게 되었다. 그의 눈은 앞에 있는 얼굴에 반응해 얼어붙었다. 그 얼굴은 시야에서 점점 더 자라나, 위협적이고 탐욕적인, 믿을 수 없는 크기로 부풀어 올랐다.

그는 무턱대고 일어섰다. 누군가가 참을 수 없는 고통을 겪는 듯 소리 지르는 것을 들었다. 아마 그 자신이었을 것이다. 그는 알지 못했다.

왜냐하면 그가 본 것은 어머니의 얼굴이었지만, 매우 낯설었기 때문이었다. 이 어둡고 열정적이며 거친 모습은 어머니와 전혀 닮지 않았기 때문이었다. 하지만 무언가가 있었다. 무언가가, 어떻게 왜 알아보았는지 모르고도 알아본 무언가가, 그가 전에 본 무언가가, 무언가가 있었다.

그리고 기억해 냈다.

어둠을 가로질러 손을 뻗었다. 방해받지 않는 박수갈채의 장벽을 뚫고, 현재 모습의 장애물을 넘어, 자기 앞에 있는 무감각하고 생기 없는 형체에서 왜 어머니의 얼굴을 보았는지, 그 얼굴의 황홀하고 도전적인 광포함 속에서 어떻게 어머니의 차분함을 보았는지 알았다. 기억해 낸 그 순간, 그는 열정적인 나이트클럽의 테이블 위에서 몸을 웅크리지 않았다. 그 어떤 것도 존재하지 않기 때문이었다. 현재의 악몽일 뿐이었다. 그 악몽은 갑자기 사라지고, 그는 자신의 현실로 되돌아왔다….

○

…그의 눈앞에는 넓고 경사진 잔디밭과 단풍나무와 나란히 선 긴 진입로가 있었다. 잔디밭과 진입로는 위쪽으로 경사를 이루었고, 이 신비로운 언덕 꼭대기에는 그의 기억처럼 집이 한 채 흐릿하게 멀리 달빛 속에서 빛나며 서 있었다. 환상 속에서는 밤이었기에, 달은 이 경치를 어둑하고 우아한 빛으로 빛내며 믿을 수 없는 영원한 아름다움으로 채우고 있었다.

그는 사소한 작은 것들의 사랑스러움을 갑자기 확실하게 기억하며, 한동안 주변을 목적 없이 떠돌았다. 발아래 젖은 잔디의 녹색 벨벳 같은 느낌, 단풍나무 사이를 지나는 바람의 살랑거리는 소리, 밤새의 외로운 울음소리. 보이지 않는 먼 곳에서는 달빛에 비친 바위 위를 따라가다 유령처럼 바다로 흘러가는 시냇물의 희미한 속삭임을 다시 들을 수 있었다. 또 다른 속삭임을, 쉰 듯한 목소리를 기다리며 귀를 기울였다. 하지만 어떤 소리도 들리지 않았다.

나중에. 그는 생각했다. 나중에 들을 수 있겠지.

부드럽게 이어지는 여름 산들바람을 따라 퍼지는 형체 없는 수증기처럼, 대칭으로 서 있는 단풍나무의 꼭대기 위로, 거친 자갈로 된 리본 같은 진입로 위로 떠올라 집에 아주 가까이 다가갔다. 바람처럼 산책로의 작은 균열을 더듬어 보고, 먼지투성이 창유리를 달가닥거리고, 건물의 처마 밑과 모퉁이 주위를 살랑거리며 드나들었다.

한쪽 끝에는 포도나무가 기어 올라가며 부드럽게 덮고 있는 트렐리스[8]가 있었다. 그는 포도나무의 작고 하얀 꽃의 느낌을 거의 잊고 있었다. 몸을 식히기 위해 손가락으로 만진 것처럼 감촉이 생생했다.

달라진 건 없었다. 똑같았다. 하지만 아직, 아직 뭔가 부족한 것이, 뭐라고 이름 붙일 수는 없지만 거기

8. 덩굴 식물을 지탱하거나 수직으로 비치는 햇빛을 가리기 위해 목재 등으로 만드는 격자 모양 구조물.

없는 무언가가 있었다. 부족한 건 사물은 아니었다. 이 장소가 한때 가지고 있었으나 지금은 없는 분위기에 더 가까웠다.

그리고 깨달았다. 너무나 간단해서 처음에 구별해낼 수 없었던 게 스스로 놀라울 정도였다.

집에는 사람이 살지 않았다. 당연하다. 유령, 껍데기일 뿐이었다. 집의 마음과 몸은 더 이상 거기 있지 않았다. 아름답게 건축된 집채에는 눈에 보이지 않고 소리도 없는 유령들이 출몰했다.

힘들이지 않고 집에서 떨어져 거리를 두고 바라보았다. 지금 당장은 집 안에 들어가고 싶지 않았다. 나중에. 그래. 돌아오는 데 더 익숙해졌을 때.

하지만 지금 그는 언덕 아래, 집 뒤에 있는 시냇물을 생각했다. 웃자란 잔디를 생각했다. 전에 그 잔디들이 밀착된 두 몸에 눌렸던 상태 그대로일지, 흙바닥까지 푹 꺼진 상태 그대로일지 궁금했다. 그 생각은 그대로 추진력이 되었다. 그는 집 위로 떠올라 시냇물이 흐르는 소리가 나는 쪽으로 내려갔다.

소리는 진짜였다. 귀를 채웠다. 그러나 그 지점에 도착했을 때 발견한 것은 물이 흐르지 않는, 금이 가고 갈라진 협곡뿐이었다. 마른 바위들이 바닥에서 솟아올라 조롱했다. 위쪽에 드리운 죽은 나뭇가지들이 전에 시냇물이었던 곳으로 내던져지며 오로지 공기를 어지럽히고 있었다. 하지만 빠르게 흐르는 물소리가 여전히 청각을 채웠다.

두려웠다. 헤아릴 수 없는 힘이 그 주변에 모이고 있었고, 숨을 쉬려면 그 힘을 내부로 스며들게 해야 했기 때문이다. 이 힘은 왔던 길, 언덕 위 집 쪽으로 그를 다시 밀어 올렸다. 마침내 그는 그 힘과 더 이상 싸우지도, 몸부림치지도 않았으며, 멍하니 그 어쩔 수 없는 힘을 받아들였다. 왠지 그 힘이 어떠한 반대도 용납하지 않는다는 것을 알고 있었다.

자신이 다시 집 위에 있다는 것을 알았다. 그리고 앞문으로 내려 당겨졌을 때, 어디로 가야 하는지 이해했다.

마법처럼 열린 문을 지나 긴 복도로 들어섰다. 아주 어두웠지만 눈이 필요없었다. 앞쪽으로 호기심 어린 발길을 옮겼다. 약간 열려 있는 문에 손가락이 닿았다. 문이 열렸고, 익숙한 큰 방 안으로 들어가자마자 그는 기억의 고통으로 거세게 숨을 헐떡였다.

여기 이 방에는 알아볼 수 있는 변화가 없었다. 안개처럼 배어들어 있고 헤쳐도 없애지지 않는, 유령 같은 분위기만이 있었다. 이 분위기는 실재하는 어떠한 변화보다도 더 끔찍했다. 그가 서 있곤 했던, 편안히 맨발로 꼼지락거리던 두껍고 부드러운 카펫이 아직도 있었다. 두꺼운 징두리판벽[9]은 기억보다 더 그윽하고 세련되었다. 두꺼운 나무로 정교하게 만들어진 흰색 피아노도 보였고, 피아노 보면대에는 악보가 있었다. 모두 기다리고 있었다.

잠시 후면 불이 켜질 것이다. 그는 자신의 방에 있을 것이고, 위쪽 어딘가에는 아직 가 보지 않은 어둠이 있을 것이다. 그리고 긴 복도를 따라 잦아들면서 마침내 귀에 닿는, 떨리면서 깊게 울리는 음색을 듣게 될 것이다. 그 소리는 미묘하고 희미해서 귀를 조금 쫑긋해야 한다. 혼란스러울 정도까지는 아니고, 관심을 불러일으키고 음악의 아름다움을 강화시킬 정도로만.

다시 움직여야 했기에 방을 나와 복도를 내려간 다

---

9. 비바람 등에서 집을 보호하기 위해 바닥에서 일 미터쯤의 높이까지 판재를 붙여 마무리한 벽.

음, 곡선으로 된 계단을 올라갔다. 세월이 흐르면서 반들반들해진 윤기로 빛나는 친숙한 오크 난간 계단, 어디로 그를 인도할지 알 수 없는 계단이었다.

하지만 사실이 아니었다. 어디인지 잘 알고 있었다. 아주 갑자기, 어디인지 기억났다.

계단을 오른 후 첫 번째 층계참에서 오른쪽으로 돌 것이고, 거기에는 작은 문이 있을 것이고, 그 문을 열 것이다. 그 안에는 그의 방과 그가 잠자던 침대가 있을 것이다. 조용한 분위기 속에 어머니의 희미한 향기가 아직도 맴돌고 있을 것이다. 그는 침대에 누워 음악에, 아래층 피아노에서 나는 깊고 감미로운 소리에 귀를 기울일 것이다. 음악이 시작되면 아무리 아름답더라도 끝나기를 기다릴 것이고, 그 후에 반드시 이어지는 발걸음 소리에, 그 발걸음이 그의 방 바깥 바닥을 밟는 소리에 귀를 기울일 것이다. 그런 다음에는 문이 천천히, 도전적으로 열리고, 그는 눈을 감고 기다림의 아름다운 괴로움으로 폐를 채울 것이다.

첫 번째 층계참에 다다라 그와 방 사이의 거리가 더 짧아지고 더 견딜 수 없게 되었을 때, 뭔가 이상하고 다소 무서운 일이 자신에게 일어났다는 것을 깨달왔다. 자신이 누구이고 어디서 왔는지, 어떤 상황 때문에 이 장소로 돌아오게 되었는지 알 수 없었다. 아니면 그가 사실은 이 익숙한 집을 실제로는 결코 떠난 적이 없었다는 게, 그는 단지 미래의 이상하고 압박적인 악몽의 피해자일 뿐이라는 게 가능할까? 이 모든 일—지금 그의 기억 끝자락 주위를 너무도 모호하게 스치는 몹시 불쾌한 일들—은 정말로 일어났을까? 아니면 그저 때 이른 열병 같은 꿈이 만들어 낸 허구일 뿐일까?

하지만 의심의 목소리는 점점 더 약해지더니 마침내 사라졌다. 그의 정신은 깊은 생각을 할 수 없도록 완전히 단단하게 밀폐되었다. 그는 자신의 현재 세계, 그 균형이 너무나 정교해서 생각의 힘으로 무너뜨릴 수 없는 그 세계 안에 들어가거나 위협할 수 있는 질문을 하지도 않을 것이며, 할 수도 없었다.

어떻게 그 일이 일어났는지 이해할 수 없었지만, 갑자기 옛날 자기 방 안의 작은 침대에 있다는 것을 알았다. 그는 발걸음 소리를 기다리면서 침실 문 쪽의 빛을 통해 훔쳐보고 있었다. 이제 그는 아주 잘 기억하고 있는 침대에 누워 있었다. 몸 위아래에 있는 새

시트는 시원하고 빳빳하고 향기로웠다. 침대에 있는 자기 몸을 내려다보았다. 침대 덮개에 느슨하게 걸린 팔을 보았다. 손은 세심하고 예민하며 갈색인 아이 손이었다. 손가락은 길고 가늘었다. 손톱은 젊음의 생기가 넘치는 분홍색에 깔끔했다.

놀라지 않았다. 이것이 그가 언제나 있었던 길이었고, 바로 자신이었기 때문이다. 나머지는 전부 악몽이었다. 여기에 꿈이 아닌 현실이 있었다. 현실 세계가 있었다. 잃어버린 시간 속, 바로 이곳에 확실히 존재했다.

창문의 열린 격자를 통해 달빛이 미끄러져 들어왔다. 형언할 수 없는 밤의 냄새가 스며들어와, 이미 존재하고 있던 어머니의 향기와 기분 좋게 어우러졌다. 어둠의 무수한 소리가 그의 귀를 괴롭혔다. 여름 공기의 수정같이 맑은 속삭임, 풀 위를 기어 다니는 수천 마리 벌레들의 바스락거림, 귀뚜라미 우는 소리, 아래쪽 연못가에서 황소개구리가 우는 소리가. 그는 몸을 떨고 그 섬세한 순간 속으로 조심스럽게 숨어들었다.

온종일 태양 아래서, 밝은 여름의 태양 아래서 달리고 놀았던 것 같았다. 시냇가로 내려가면 뛰노는 발

아래 풀들이 밟혔다. 이제 밤의 짧은 휴식 속에서 그 풀들이 아침 햇살을 맞이하기 위해 열심히 몸을 일으키고, 서서히 당당한 자세를 회복하고, 다시 똑바로 서는 것을 상상했다.

대체로 완벽한 날이었다. 하지만 이제 무언가가 잘못되었다고 느꼈다. 그것이 무엇인지는 떠올릴 수 없었지만, 어린 시절의 침대에 안전하게 누워 음악이 길고 어두운 복도를 따라 내려오기를 기다리는 동안, 그것에 대한 흐릿한 의식이 만족감을 갉아먹었다. 눈을 감았다. 어머니가 하얀 옷을 입고 피아노 앞 스툴에 앉아 있는 모습을, 어머니의 손가락이 오래된 작고 하얀 꿈처럼 피아노의 완벽하게 조율되지는 않은 건반을 가볍게 누르는 것을 볼 수 있을 정도였다. 누워서 그 소리를 기다렸다. 달빛이 격자를 통해 미끄러져 들어왔지만, 음악은 아직 오지 않았다.

움직이는 빛이 어둠을 가르자, 기억이 파고들었다. 침대에 똑바로 앉아 왜 하루가 불완전했는지 기억해 냈다. 어머니가 거기 없었다. 그것이었다. 풀밭에서 놀았고, 넓은 흙바닥에 누웠지만 혼자였다. 어머니가 없는 이유를 잘 알 수 없었다. 이유를 알았던 적이 결코 없었을 것이다. 어머니가 없다는 사실 때문에 그 이유는 중요하지 않게 되었다.

음악이 없었다. 그리고 갑자기 음악이 다시는 없으리라는 것을 알았다. 그 사실을 알게 되자, 두려움이 싸늘하게 그를 움켜잡았고, 심장이 너무나 빠르게 뛰어서 어린 가슴이 그 박동을 담아내지 못하리라 느껴졌다.

그때 목소리를 들었다.

음악 대신에 목소리를 들었다. 그의 생각으로는 음악이 있었어야 할 곳에서 들려왔다. 단어들은 수많은 두꺼운 벽 때문에 약해졌고, 복도의 긴 동굴을 지나오면서 왜곡되었다. 그럼에도 불구하고 그는 그 단어를 알았고, 그 음색을 인식했으며, 그 떨림을 기억했다. 어머니와 아버지였다.

목소리들은 또렷하지 않았고 너무 멀리 있었지만, 그 목소리 안에는 그를 향해 다가오는 무서운 짐승을 화나게 하는 힘이 돌출되어 있었다. 그는 약간 떨면서 마지못해 침대에서 빠져나와 방을 살금살금 가로질렀다. 문을 열고 어두운 계단을 내려갔다. 발걸음을 옮길 때마다 견딜 수 없을 정도로 점점 두려워졌다.

몸을 돌려서 자기 방의 친숙한 피난처로 도망가 시원한 이불과 다정한 어둠 사이에 파묻히기를 간절히 바랐다. 하지만 돌아갈 수 없다는 것을 알았다. 이제는 결코 돌아갈 수 없다는 것을 알았다.

계단 아래에서 멈춰 섰다. 목소리가 아주 가까이에서 들렸다. 가볍게 음악실 쪽으로 발걸음을 옮겼다.

그리고 그 앞으로 옮기는 발걸음, 그 치명적인 발걸음과 함께, 마치 내부에서 폭발이 이는 것처럼 알게 되었다. 그동안 이름 붙일 수 없었던 것을 이제 말할 수 있었다. 이름 붙일 수 있었다.

소리가 들려왔던 방을 기억했기 때문이었다. 기억이 어떻게 돌아왔는지 모르면서도 기억해 냈고, 그 방에 들어갔을 때 무엇을 발견할지, 무엇을 보게 될지 알았다. 하지만 과거의 끔찍한 기억이 돌아왔고, 내부에 확신이 있었음에도, 문 쪽으로 걸어갈 수밖에 없었다. 그의 작은 맨발은 공포가 주는 잔인성에 자석처럼 끌려 앞으로 나아갔다.

이제 목소리들을 꽤 쉽게 구별할 수 있었다. 단어들의 발음을 들을 수 있었고, 각 음절을, 각 음색을 알아들을 수 있었다. 하지만 단어들 자체는 의미가 없었고, 이해할 수 없었다. 외국인의 입에서 나오는 외국인의 음성 같을 정도였다.

방 한가운데 잠시 꼼짝 않고 서 있는 동안, 소리는 점점 커졌다. 어머니가 소름 끼칠 정도로 화가 나서 말하는 문장과 아버지의 목소리에서 들리는 호소하는 억양이 강렬한 고함으로 뒤섞여 귓속 동굴에 울리고 다시 울리고 메아리쳤다. 그와 목소리들을 갈라놓았던 문은 닫혔지만, 노란색 조명의 가는 선이 문아래 작은 균열을 통해 어둠 속으로 기어 나왔다.

그러고 나서 그는 문 앞에 서 있었다. 손은 손잡이에 놓였다. 동요로 인한 경련으로 손을 놓을 뻔했지만 가라앉힌 후, 그 격렬함의 한가운데에서 손잡이를 돌리고 문을 열었다.

손 앞에서 문이 안으로 열리자, 그것이 미리 정해진 신호인 양 빛이 흘러나와 그를 노란색으로 물들였고, 완전하고 불길한 침묵이 방을 채웠다. 하지만 어머니도 아버지도 소년이 입구에 굳은 채 서 있다는 것을 알아채지 못했다. 그들은 스스로 자아낸 치명적인 거미줄에 붙잡혀 있었고, 풀어 낼 방법이 없었다.

그는 먼저 아버지를 보았다. 등을 벽에 댄 채 비참

하게 몸을 웅크리고 있었다. 팔은 허공을 헛되이 가르고 있었다. 창백한 입술에서는 짐승처럼 작게 낑낑대는 소리가 흘러나왔다. 하지만 말없는 공포 속에서도 아버지의 얼굴에는 좌절과 공포로 거의 가려진, 공허하고 무정한 두려움과, 분명해지기 시작하는 이해와 초월적인 연민이 있었다. 그 대상은 아버지 자신이 아니라 아버지의 눈에 비친 사람, 소년의 어머니였다.

아니, 어머니가 아니었다. 몸은 똑같았다. 날씬하고 아름다웠고, 그가 그토록 사랑했던 흰색 드레스를 걸치고 있었다. 당당한 머리에는 창백한 색의 머리카락이 왕관처럼 얹혔고, 그가 알고 있었던 특징들이, 그의 얼굴을 그리도 자주 어루만지던 입술이 있었다. 하지만 눈은… 그 눈 때문에 다른 비슷한 점들은 의미가 없었다. 그런 눈은 전에 본 적이 없었다. 그 눈은 끊임없이 춤추고 빛나며, 주위의 피부가 가진 고요함과 놀라울 정도로 어울리지 않게 광기에 서려 몸부림치고 있었다.

어머니는 움직이지 않고 서 있었다. 소년의 아버지, 그녀의 남편을 바라보면서 늘씬한 등을 반대쪽 벽에 단단히 밀어붙이고 있었다. 어머니는 말하지 않았다.

손에는 총이, 그것을 잡고 있는 작고 창백하며 부드러운 손가락 안에 놀라울 정도로 크고 검고 불길한 총이 있었다.

그 순간, 이 모두가 그에게는 매우 오래되고 친숙했으며, 어떤 전생에서 보고 알았던 것들이었다. 그리고 목구멍을 조이면서 말을 할 수 없게 만드는 공포 또한 그가 영원히 살고 있는 꿈처럼 오래되고 익숙하고 헛된 것들이었다.

모든 일이 불가능할 정도로 천천히 일어나는 것 같았다. 어머니의 손가락이 당겨지는 것을, 총이 거칠게 두 번 발사되는 것을 보았다. 그러고는 총열에서 불꽃과 연기가 피어올랐고, 날카롭고 낮은 총성 두 발이 들렸다. 마치 두 개의 판자를 별개의, 거의 갈라놓을 수 없는 두 개의 주먹이 강타한 것 같았다. 그는 아버지의 몸이 발작적으로 움직이는 것을 보았다. 그러고는 아버지가 숨을 헐떡이더니, 마치 두 개의 거대한 손이 폐를 강하게 누르다가 공기가 맹렬하게 들어가도록 손을 놓은 것처럼, 걷잡을 수 없이 신음하는 소리를 들었다.

소년은 믿을 수 없다는 듯한 멍한 시선을 돌려 어

머니를 응시했다. 어머니 얼굴의 고요함은 사라졌고 파괴되었다. 그 자리에는 크게 기뻐하는, 광기 어린 강렬한 황홀감이 있었다. 그는 갑자기 이상하고 낯설어지는 그 얼굴에서 눈을 돌릴 수 없었다. 그 얼굴은 시야에서 점점 부풀어 올라, 보이는 모든 것을 맹렬하게, 험악하고 탐욕스러우며 위협적으로 먹어치우려 하고 있었다.

그로테스크한 가면은 잠시 동안만 지속되었다. 가면은 곧 갈라지고 일그러진 얼굴은 사라졌다. 비록 눈 안에 아직 광기는 요동쳤지만, 그 안에는 아버지의 것과 같은 어떤 필사적이고 정상적인 용기가, 광기로 막을 수 없는 강철 같은 투지를 통해 빛나고 있었다.

어머니가 입술의 힘을 빼자, 드러났던 치아가 사라졌다. 완벽한 입은 약간 벌어졌다. 어머니는 총을 천천히 위로 흔들고는 아직 연기가 나는 총구를 입에 넣었다.

그는 낮은 총성을 들었고 머리가 뒤로 튀어나가는 것을 보았다. 작은 몸은 바닥으로 쓰러져 누웠다. 하얗고, 놀라울 정도로 작고, 편안했다. 다시 느낌이 돌아왔다. 하지만 바로 그전에, 그는 아버지가 비틀거리며 방을 가로질러서는 전화에 대고 서둘러 헐떡이며 말하는 것을 무감각한 상태로 인식했다. 그리고 비명을 질렀다.

그를 방에서 처음 발견한 아버지가 고통으로 놀란 채 낮게 터뜨리는 목소리가 들렸다. 그러나 주의를 기울일 수도, 신경을 쓸 수도 없었다. 비명을 지르고 또 지르며, 이제는 그와 그의 기억의 피할 수 없는 일부가 된, 사납고 광기 어린 얼굴의 이미지를 떼어내기라도 하려는 듯 주먹을 강하게 눈에 찔러 넣었다. 보이지 않는 거리에서 아버지가 고통에 차 헐떡이며 말하고 호소하는 것을 들었다. 아버지의 다정하고 달래는 두툼한 손이 어깨에 놓이는 것을, 안심시키고 진정시키는 움직임을 느꼈다. 눈을 떴다. 아버지가 앞에 무릎을 꿇고, 고통으로 얼굴을 일그러뜨린 채, 한 팔로는 총상 입은 가슴을 단단히 누르고 있는 것을 보았다. 소년은 어깨를 부여잡고 있는 손을, 한때 알고 있던 손을 쳐다보았다. 두려움은 두 배가 되어 돌아왔다. 피가 손을 뒤덮으며 흐르고 있었기 때문이었다. 피가 옷에 스며들면서 그 뜨거운 축축함이 느껴졌다. 다시 비명을 질렀다. 아버지의 외면하는 얼굴에서 걷잡을 수 없는 공포를 느껴 빠져나가려고 아버지의 손에서 몸을 뺐다. 그러고는 무작정 필사적으로 달렸다. 눈앞에서 물결치는 거대한 붉은 바다가 자비로운 어둠에 의해 뒤덮일 때까지, 그 자신이 어둠에 삼켜질 때까지, 그가 아무것도 아니게 되고 아무것도 느끼지 못할 때까지….

○

　누군가가 그의 소매를 세게 잡아당겼다. 그는 계속
해서 그의 이름을 부르며 말하는 목소리를 들었다.
　"무슨 일이죠?"
　그는 앉았다.
　"무슨 문제 있어요?"
　클레어의 목소리가 눈앞에서 물결치고 있었다. 그
녀의 말에 대답했을 때, 자신의 목소리는 멀고, 낯설
고, 공허하게 들렸다.
　"문제요?" 그가 대답했다. "아무 문제없어요. 전혀
요. 잠깐 뭐가 기억났을 뿐이에요."
　눈에 서서히 초점이 맞았다. 그리고 약간 안도하면
서 주위를 의식하며 자기 주변을 살펴보았다. 클레어

의 얼굴이 시선에서 점점 선명하고 확실해졌다. 그녀는 여전히 눈꺼풀이 반쯤 감긴 채 은밀한 기쁨으로 미소 짓고 있었다. 담배 연기의 푸른 구름이 화관처럼 그녀의 머리 주위에 걸려 있었다.

친숙하고 저속한 나이트클럽에 돌아온 것에 안도감과 감사를 느꼈다. 하지만 이곳의 혼란스러운 달그락거림과 떠들썩함이 거슬렸고, 역겨움 때문에 몸을 조금 떨자 안도감은 사라졌다.

"그녀가 좋아요?"

그는 멍하니 클레어를 바라보았다.

"누구요?"

그녀는 웃었다. "당연히 볼리타죠. 누구겠어요?"

"아, 아, 좋아요. 아주 많이."

"당신이 볼리타를 쳐다보는 모습이라니! 춤이 끝났는데 앉지도 않더군요. 유령을 보는 것 같았어요."

"유령." 그는 기계적으로 되풀이했다. "맞아요."

그 환상이 다시 그를 위협했다.

그는 머리를 흔든 후 테이블 아래로 손을 뻗어 클레어의 손을 잡고는, 그 손이 그가 진정으로 원하는 현실인 양 세게 쥐었다.

"맙소사." 그가 쉰 목소리로 중얼거렸다. "맙소사."

"왜 그래요?" 그녀가 걱정스럽게 물었다. "어디 아파요?"

거의 만질 수 있을 정도로 지저분하고 끈적끈적한 먼지들이 있었다. 그것이 클럽 뤼장의 분위기였다. 그 먼지들은 그에게로 내려앉아 엉겨 붙어, 모공으로 침투하여 사악한 어둠으로 그를 적셨고, 너무나 끈적거리고 두꺼워서 거의 숨을 쉴 수 없었다. 어떻게 이런 장소가 즐거우리라고 생각할 수 있었는지 의아했다.

"네." 그가 대답했다. "조금요. 괜찮아지겠죠."

그녀는 팔을 위로 뻗어 그의 뺨을 만지고 손을 어깨 위에 얹었다. 장난꾸러기 고양이처럼 손톱으로 그의 코트 천을 파고들었다.

"나가고 싶어요?"

그는 감사하며 그녀를 쳐다보았다. "네." 그가 말했다. "그래요. 여기서 나가요." 바로 그 순간 그는 이곳을 나가야 한다고 느꼈다. 이 소란스러운 방에 더 이상 머무르면 질식할 것 같았다. 그녀가 나가자는 신호를 하며 움직일 때까지 기다릴 수 없을 지경이었다.

그녀는 나른하게 미소 지었다. 그녀의 손가락은 그

의 코트 속으로 더 깊게 파고 들었다.

"어디로 가고 싶어요?" 그녀가 부드럽게 물었다.

그가 말하려고 생각했던 단어, 머릿속에서 그토록 조심스럽게 연습했던 단어, 이 예상된 질문에 대한 매력적인 대답인 단어는 그의 입술에서 사라졌다.

그는 침을 삼켰다. "아무 데나요." 그녀를 바라보지 않으면서 중얼거렸다. "그냥 여기서 나가요."

그녀의 미소가 깊어졌다. 그녀는 그 쪽으로 아주 가깝게 몸을 기대서 그의 눈을 올려다보았다. 그녀가 말할 때, 그는 그녀의 따뜻한 숨결이 그의 얼굴 아래 반쪽을 어루만지는 걸 느낄 수 있었다.

"내 집으로 갈래요?" 그녀가 물었다.

이곳, 이 냄새 나고 불쾌한 방에서조차도 그는 그녀의 말이 만들어 낸 시원하고 달콤한 산들바람을 느낄 수 있었다. 그는 급히 숨을 골랐다. 그가 기다려 왔던 순간, 기대했던 순간, 너무나 원했던 순간이었다. 이제 그 순간이 여기 그 앞에 있었다. 잡을 수 있을 만큼 가까이 있었다. 그는 자신이 다시금 애매하게 속았다는 것을 씁쓸하게 깨달았다. 그는 행복하게 미소 지으려고 애썼다.

"네." 그는 말했다. 건조한 분홍색 입술을 통해 목쉰 소리로 속삭였다. "그래요."

그녀는 천천히, 유혹하듯 일어섰다. 그녀의 잠자는 듯한 눈은 그의 얼굴에서 절대로 떠나지 않았다. 그는 주머니에서 지폐 한 움큼을 더듬어 꺼내서 흘깃 보고는 테이블에 던졌다. 몸을 돌렸다. 그녀는 몸을 흔들며 멀어졌고, 그는 빨간 드레스를 입은 그녀의 날씬한 모습을 따라 밖으로 나가 밤 안으로 들어갔다.

○

택시는 소총의 컴컴한 총열 안으로 폭발하는 발사체처럼 도로를 질주했다. 아서는 뒷좌석에서 클레어의 어깨에 몸을 기댔다. 택시 창문은 열려 있었고, 바람이 밀려들어와 그의 숱 많은 머리를 헝클어뜨리며 머리 주위를 거세게 때렸다. 그는 반쯤 뜬 눈으로 양쪽에서 검은색과 빨간색으로 번갈아 번쩍이는 변화무쌍한 풍경을 응시했다

취기로 인한 몽롱함은 클럽에서 볼리타가 등장한 이후의 끔찍한 시간 동안 어느 정도 사라졌다. 이제 상쾌하고 날카로우며 톡 쏘는 밤공기가 소용돌이치면서 폐를 씻어 주었다. 그 쇠약했던 공기가 새것으로 대체되자, 익숙한 소외감이 돌아왔다.

이 거리를 달리는 택시 안 자기 옆에, 아름답긴 하지만 낯선 사람이 옆에 있다는 것에 잠시 놀랐다. 자신과 주변, 자신이 만지는 모든 것에 몸서리쳐질 정도로 혐오감을 느꼈다. 그리고 자기가 알거나 느끼거나 보는 모든 것이 실제로는 존재하지 않으며, 모두 악몽이고 허상이라고 주장하는 그의 작고 조용한 목소리도 있었다.

이제 그것들은 가 버리고, 흐릿하고 공허한 고통이 왔다. 그는 긴 경주를 달려왔고, 이제 그 질주는 하루 더 계속되었다. 남겨진 것은 격렬한 활동 뒤에 따르는, 서서히 진정되는 고통이 전부였다. 머리는 맥박의 진동에 따라 규칙적으로 지끈거렸다. 이마는 축축하고 차가웠으며, 그는 크게 몸을 흔들며 빠르게 숨을 쉬었다. 그의 옆에는 클레어가 자기도 모르게 은밀한 생각과 기대에 빠져 있었다. 그녀도 심호흡을 하고 있었지만 평화롭고 만족스러운 느린 리듬이었다. 눈은 감겼고 입술은 그가 보기에는 밤과 함께 시작되었던 나른한 미소를 짓고 있었다.

그녀를 보면서 그는 모든 사람들과의 명백하고 본질적인 분리감을 인식하게 되어 다시금 괴로웠다. 여기 두 사람이 있다. 몸이 닿을 정도로 가까이 있고, 각자 상대의 존재를 의식하고 있으며, 각자 자기의 은밀한 방식으로 세심하게 배려하고, 내면의 진실을 찾기 위해 상대방의 껍질을 애써 깨려 하고, 자신만의 특별한 껍질에서 상대방이 가능한 한 쉽게 떠나게 하려고 노력하고 있었다. 그리고 모든 시도는 철저하게 실패하고 있었다.

지고 싶어도 지지 못하는 이상한 싸움이었다.

그래서 그는 자기 자신과 그녀에 대한 연민에서 일부 벗어나, 처져 있던 몸을 일으키고 한 팔을 그녀의 어깨에 둘러 어색하고 부드럽게 안았다. 그녀는 작은 감사의 한숨과 함께 머리를 그의 어깨와 목 사이에 급히 묻었다. 따뜻하고 촉촉한 숨결이 그의 살갗으로 살며시 스며들었다. 그는 그녀의 머리카락에서 나는 좋은 냄새, 손에서 느껴지는 드레스의 차가운 느낌, 옷 아래 착 달라붙은 그녀의 따뜻한 육체의 작은 느낌을 의식하고 있었다. 희미하게 짜릿한 기쁨을 다시 느꼈다. 그는 결연하게 그 미약한 기쁨을 움켜잡아 안에서 보살피고, 탐욕스러운 생각으로부터 보호했다.

도시의 불빛이 덜 자주 번쩍였다. 그들이 지금 달

리는 거리는 더 어두워졌고, 그렇게 더 어두워지면서 끝없는 터널이 된 것 같았다. 길의 폭을 알아보려고 해도 밖에는 아무것도 보이지 않았다. 차 유리창에서 어둠이 시작되어 끝없이 펼쳐졌다. 밤은 그들이 무모하게 파헤치는 단단한 덩어리였다.

이제 주위 차량들이 줄어들었고, 운전기사는 택시를 더 빠른 속도로 몰았다. 모퉁이를 위험하게 달리다가 가속도 때문에 잠시 균형을 잃었고, 그들은 차량 내부의 천으로 된 벽에 반쯤 기댔다. 클레어가 자세를 바로잡으려는 움직임을 보이지 않았기에 그는 약간 아래에서 그녀의 몸무게를 견디며 그 자세로 있었다. 그는 신기하게도 저항하지 않았고, 긴장이 풀린 상태에서 몸을 떼어냈다.

그래서인지 차가 속도를 서서히 줄였는데도 도착했다는 것을 거의 깨닫지 못했다. 그들은 택시에서 나와 인도에 잠시 불안정하게 섰다. 택시 기사에게 요금을 냈다. 마지막 남은 지폐였다는 것을 약간 놀라며 알아챘다. 서서 택시가 방향을 돌려 사라지는 것을 보았다. 클레어 쪽으로 몸을 돌렸다.

그녀는 그의 팔을 잡고 몸 쪽으로 꽉 붙였다.

"여기예요." 그녀가 속삭였다.

택시 기사도 아까 같은 말을 했다. 하지만 다른 사람의 입에서 그 말이 나오자 그 의미는 더 고조되고 강해지고 달라졌으며 더 중요해졌다. 그는 고개를 끄덕였다.

이제 취기는 전혀 느껴지지 않았다. 술기운은 사라졌고, 그 자리에는 알코올과는 다른, 그의 모든 감각을 훨씬 더 민감하게 만드는 새로운 종류의 도취가 있었다. 이 순간 그는 자신의 모든 부분, 모든 근육, 세포, 혈액, 신경이 살아 있고 욱신거릴 정도로 감각이 좋아졌다는 것을 느꼈다.

그들은 천천히 몸을 돌려 특징 없는 벽돌 건물을 향해 걸었다. 클레어의 아파트였다. 이곳은 그가 모르는 도시의 일부였다. 모든 집이 모든 인생과 거의 같았다. 비싸지 않고, 다소 때묻고, 잊힌다. 클레어가 여기 사는 게 놀라웠다. 이 환경은 그녀의 외모에 대한 역설적인 거짓말이었다.

그들은 넓은 시멘트 계단을 올라갔다. 계단은 열네 개였다. 문에서 클레어는 그의 귀에 입술을 댔다.

"소리 내면 안 돼요." 그녀가 속삭였다. "나만 따라

와요. 난 이 층에 살아요."

그는 공모하는 듯한 침묵에 기뻐하며, 팔 아래 있
는 그녀의 팔을 꽉 누르고 고개를 끄덕였다. 그녀는
조심스럽게 문을 열었고 둘은 안으로 들어갔다. 복도
에는 흐린 전등이 켜져 있었는데, 긴 복도 어딘가에서
사라졌다. 그들이 서 있는 입구는 그림자 덕분에 신비
로웠다. 왼쪽에 있는 거대한 계단을 알아차렸다. 계단
에는 전등이 없었다. 그들은 거대한 어둠을 올려다보
았다. 클레어는 안내하는 듯 그의 손을 잡았다. 그는
멍하니 그녀를 따라갔다.

거기에는 그가 어두운 길을 올라갈 때 언제나 느꼈
던 익숙한 만족감이 있었다. 그는 자신의 아파트와 거
기 있는 계단을 생각했다. 그곳에 있었던 게 한참 오
래전 같았다.

이 층 복도를 희미하게 밝히는 작은 불빛이 층계참
에서 그들을 맞았다. 그들은 얇은 카펫이 깔린 복도를
거의 고양이처럼 살금살금 걸었다. 빛이 더 이상 비치
지 않는 어두운 그림자에서 잠시 멈춰 섰다. 클레어는
열쇠를 더듬어 찾아 문을 열고 안으로 미끄러지듯 들
어갔다. 그는 그녀를 따라, 눈을 짓누를 정도의 어둠

으로 가득찬 방으로 들어섰다. 어둠은 너무 짙어서 만질 수 있을 것 같을 정도였다. 그는 전등 스위치가 있을 만한 곳을 찾아 손으로 벽을 더듬었다.

하지만 클레어는 움직이는 소리를 듣고 그의 손을 잡았다.

"켜지 말아요."

그는 그녀의 목소리에 다행스러워하며 말없이 고개를 끄덕였다. 사실은 켜고 싶지 않았다. 그저 단순히 해 본 몸짓일 뿐이었다. 이 축축한 어둠 속이 훨씬 더 안전하고, 따뜻하고 친밀했다.

클레어는 말을 하며 그의 손을 풀었다. 이제 그는 그녀를 만지고 있지 않았다. 하지만 그는 느꼈다. 그녀가 앞에, 아주 가깝게, 어둠의 형언하기 어려운 일부로 서 있다는 것을 알았다. 조심스럽게 귀를 기울였다. 그녀가 숨을 작게 들이쉬고 내쉬는 것을 들을 수 있었다.

망설이며 그녀 쪽으로 손을 뻗었다. 그녀 어깨의 맨살이 만져졌다. 감싸 안은 그의 팔 안에서 그녀는 갑자기 귀에 들릴 정도로 헉 하는 소리를 냈다. 따뜻한 입술이 떨리며 그의 뺨과 귀의 따끔대는 피부에 닿았다.

그녀는 떨면서 속삭였다. "잠깐만 기다려요. 여기
그대로 있어요."

그런 후 그녀는 가 버렸다. 그에게서, 그의 손길에
서 떠나 어둠 속 어딘가로. 그는 즉각적인 상실감과
쓸쓸함 때문에 떨고 불안해하며 홀로 서 있었다. 앞쪽
으로 움직이기 시작했지만, 그녀의 경고가 기억났다.

그녀가 방 안에서 움직일 때 나는 소리, 그녀 옷이
부드럽고 은밀하게 바스락거리는 소리를 들을 수 있
었다. 그러고는 아무것도 없었다. 긴장하며 간절하게,
거의 두려워하며 기다리는 곳에는 길고 헤아릴 수 없
는 침묵만 있었다.

그리고… 나중에도 그것이 꿈이었는지 현실이었는
지 알 수 없었지만, 구름이 움직이면서 달이 갑자기
나타났고, 그 빛이 짙고 끈적끈적한 어둠을 기적처럼
뚫고 창을 통과해 방을 빛냈다. 그녀가 희미하게 빛나
는 달빛 기둥처럼 똑바로 서 있는 걸 보았다. 그녀의
옷은 발치에 처량하게 놓였고, 달빛이 머리와 어깨 주
위를 흘러 빛과 그림자의 교향곡 속에서 은빛으로 반
짝이며 내려가고 있었다. 머리는 뒤로 젖혔고, 머리카

락은 어둠 속에서 흐르며 길을 잃었다. 눈은 감겼고 얼굴에는 기쁨을 고대하는 무의식적인 표정이 있었다. 달빛이 그녀의 어깨와 팔과 가슴의 부드러운 살에 금박을 입히고 있었다. 그녀는 그림자 진 가슴과 하얀 허벅지를 가진 살아 있는 조각상, 빛과 살의 움직이지 않는 시였다.

환상이 이어진 건 한순간뿐이었다. 다른 구름이 달을 가렸고, 더 이상 볼 수 없었다.

그는 자신이 움직였다는 사실을 알지 못했다. 어느새 방 한가운데에 있었고 팔은 그녀 주위에 있었다. 그녀를 자신에게 강하게, 강하게 당겼다. 귓가에 느껴지는 그녀의 숨결은 가쁘고 불규칙했다. 어둠 속 그의 포옹 안에서 그녀의 몸이, 정밀하게 제련된 강철 검처럼, 떨리고 가볍게 전율하는 것을 보지는 못하고 느낄 뿐이었다. 그의 팔은 온 힘을 다해 그녀를 그에게로, 그의 안으로 당기려고 하는 탄력성 있는 바이스였다. 바이스의 강력한 끝부분에 있는 손은, 이상할 정도로 처지고 힘이 빠진 채, 여름 산들바람에 날리는 어린 나뭇잎처럼 흔들리면서 그녀의 어깨, 팔, 등의 늑골 부위 맨살 위를 부드럽게 움직이고 있었다.

그러고는 마치 흐느낌처럼 크게 헐떡이는 경련을 일으키며 그의 숨이 흘러나왔다. 클레어의 숨결은 그 흐느낌에 맞추기 위해, 격렬하게 떨리는 신음이 있는 노래가 되었다. 그의 기울어진 어깨와 목 위에 있는 그녀의 머리는 극심한 고통을 겪는 것처럼 한쪽에서 다른 쪽으로 천천히 굴렀다. 그의 주변에 전기가 통한 듯 떨며 내려와 있던 그녀의 팔은 어루만져지고 당겨졌다.

그리고 그는 참지 못하고 움직여, 바이스처럼 그녀의 몸을 움켜잡고 있던 손을 풀고, 그녀의 팔 윗부분의 따뜻하고 촉촉한 살에 손가락을 찔러 넣어 그녀를 밀어냈다. 이제 그는 그녀의 얼굴을 거의 볼 수 없었다. 머리는 아직 뒤로 젖혔고, 몸은 여전히 그 자체의 열정에 따라 일하고 존재했다. 그녀의 눈은 내면을 응시하며 감겼다. 입술은 기대하는 듯한 황홀하고 무의식적인 엷은 미소를 지으며 벌어졌다. 그는 그녀의 작은 치아 끝부분이 붉은 입술 아래 빛나는 것을 볼 수 있었다. 그 열린 입술에서 작은 신음이, 불안정한 단어들이 흘러나왔다.

"아서." 그녀가 말했다. "아서… 아서…."

헤아릴 수 없이 극히 짧은 찰나에 그 단어들이 들리는 순간, 기다리는 듯한 그녀의 입술에서 그 단어들이 나오는 순간, 오랫동안, 이십사 년 동안, 평생 동안 그의 안에서 모인 모든 힘이 그의 머릿속 관문에서 치달아 올라 비명을 질렀고, 세게 두드렸고, 찢어졌다. 그의 내부에서 불어난 강물이 있었다. 그것은 그의 억눌린 사랑과 증오와 동정, 공포와 두려움, 만족, 권태, 열망, 따분함, 열정의 총합이었다. 그는 그 격렬한 급류가 너무 두려워서 가둘 수 없었다.

수문이 터져 나가기 전 속수무책의 순간, 파국을 피할 수 없다는 것을 그의 일부가 알고 인정했을 때, 그는 차분하게 그 자신, 그리고 지금 자신이 앞에 붙잡고 있는 이 여자뿐만 아니라 그가 지금까지 알았던 모든 것을 전부 포함하는 후회를, 거의 추상적으로 느꼈다.

마지막으로 그 홍수가 걷잡을 수 없이 크게 몰려왔을 때, 그의 동정심과 후회는 거기에 빠져 익사했다. 그는 자신이 마침내 파괴되었음을, 영원히 길을 잃었음을 알았다. 어두운 급류가 치달아왔고 그는 자신의 몸에서 나와 멀리 빙글빙글 돌았고, 그 자신이 아닌

무책임한 일부는 달빛의 후광 아래 여전히 고독하고 순수한 클레어의 얼굴을, 기쁨으로 불분명한 단어들을 말하고 있는 그녀의 입술을 보았다.

그의 목구멍에서 마지막으로 흐느낌 가까운 큰 울음이 터져 나오자, 마지막 남은 부분이 사라졌다. 그리고 그는 팔을 들어 그녀의 얼굴을 정신없이 잔인하게 때렸고, 그녀의 놀란 입을 자신이 손등으로 막는 걸 느꼈다. 그녀가 소리치기도 전에 그는 다시 때렸다. 팔이 허공을 가를 때까지 때리고 또 때렸다.

아주 멀리서 높고 가는 흐느낌이 들렸다. 그는 어두운 방 어딘가에서 그녀가 울부짖고 있다는 것을 깨달았다.

그녀는 정신없이, 단조롭게 울부짖었다. 그는 방 한가운데에서, 양옆에 팔을 느슨하게 늘어뜨린 채, 손가락을 발작적으로 비틀면서 바보처럼 서 있었다. 그가 생각하기에 위에 있는 방에서 누군가가 갑자기 움직이는 것 같았다. 요란한 소리가 났고, 소리를 죽인 격정적인 단어가, 저주가 있었다. 빠르게 달리는 발소리가 들렸다.

그리고 그는 아직 움직이지 않았다.

불과 한순간 뒤, 클레어의 방으로 통하는 문이 급히 열린 것 같았다. 손잡이가 돌아가며 딸깍이는 소리가 들렸고, 방 안 침묵의 특징이 달라진 것을 직감했고, 사람이 거칠게 숨 쉬는 소리를, 전등 스위치를 찾아 벽을 더듬는 소리를 들었다.

부드러운 딸깍 소리와 함께 방이 밝은 노란색으로 가득 찼다. 그의 뒤에 선 누군가에게서 놀라는 외침 소리가 터져 나왔다. 아직도 그는 움직이지 않았다.

클레어는 갑자기 들어온 불빛의 홍수 속에서 몸을 웅크리고 있었다. 눈에는 공포와 충격이 생생했다. 입가에는 얇은, 거의 투명한 핏자국이 번져 있었다. 그의 구타 때문에 부어오르기 시작한 입술이 아니었다면 잘못 바른 립스틱 자국으로 착각했을 수도 있었다. 그녀는 바닥에 반쯤 기대서 한쪽 팔뚝으로 몸을 받치고 다른 손으로는 옷을 가슴에 대고 누르고 있었다. 낯선 사람의 눈에서 알몸을 가리려는 것보다는, 이 이질적이고 알 수 없는 힘에 무기도 없이 미약하게 본능적으로만 방어하는 행동처럼 보였다. 이제 입술은 소리도 내지 못하고 비명을 지르는 것처럼, 소리 없이 떨리고 있었다.

손 하나가 내려와 그의 어깨를 잡는 걸 느꼈다. 기계처럼 강력한 손이었다. 뼈가 부러지고 근육이 파열되고 내출혈이 일어나는 걸 느꼈다. 하지만 그는 아무 고통도 체감하지 못했다.

뒤에 있는 남자를 아직 볼 수 없었다. 그의 눈은 바닥에 영원히 붙들린 것 같은 클레어의 하얀 몸에 고정되어 있었다.

남자의 목소리에서 놀라움이 사라지고 분노가 차오르면서 거칠고 딱딱해졌다.

"무슨 일입니까, 헤그식 양? 이게 대체 어떻게 된 일이죠? 이 자식이 무슨 짓을 했습니까?"

그녀는 대답하지 않았다. 아직도 자신만의 충격의 세계에 있으면서, 바닥에서 뱀처럼 천천히, 이상할 정도로 고분고분하게 움직였다.

그의 어깨를 잡은 남자의 손에 힘이 들어갔다. 마치 그런 행동을 하면 클레어가 대답을 할 것이라는 듯 분노에 차 과격하게 그를 흔들었다.

"이놈이 당신을 때렸나요? 대체 어떻게 된 거죠?"

그 단어들이 순간 그녀의 무감각한 갑옷을 꿰뚫었다. 그녀는 고개를 젓고, 이제 멍하고 불투명한 눈으로 두 사람을 쳐다보았다.

"아니요." 그녀는 중얼거리듯 말했다. "난 괜찮아요. 저 남자를 여기서 데리고 나가 줘요. 둘 다 여기서 나가 줘요." 그녀의 목소리에 분노는 없었다. 지쳐서 아무것도 이해하지 못하는 듯한 태도뿐이었다.

남자가 아서의 몸을 돌려서 둘은 마주 보게 되었다. 아서는 무관심하게 그를 응시했다. 생기 없는 피부를 무심하게 보았다. 피부는 희고 건조했으며, 두껍고 작고 뻣뻣한 털이 규칙적인 간격을 두고 삐져나왔다. 창백한 피부 위의 털은 극히 정밀하고 작고 새까맸다. 그의 눈을 태워 버릴 듯한 그 남자의 눈은 크고 투명했으며, 녹색을 띤 갈색이었고, 염소처럼 약간 사팔뜨기에 촉촉했다.

"기다려요." 아서가 말했다. 목소리가 목구멍에서 귀에 거슬리게 꺽꺽거렸다. "잠깐만요. 난…."

남자는 미소를 지었다. 다정하다고 할 정도로 부드럽게.

"아니, 꼬마. 넌 나가야 해. 나와 함께."

"알아요." 그는 지친 듯 말했다. "잠깐이면 돼요."

그는 덩치 큰 남자가 잡고 있는 손안에서 반쯤 몸

을 비틀어 돌려, 아직 바닥에 널브러져 있는 클레어를 보았다. 눈이 마주쳤다. 클레어의 시선에는 알아보는 것 같은 불꽃이 튀지 않았다. 아무것도 없었다. 그녀의 시선은 그를 통과해 그 너머에 있었다. 그녀는 그를 보지 않았다.

그 멈춰진 순간, 그의 무너진 마음속에, 둘을 갈라놓았던 끝없는 구멍을 어떻게든 이어야겠다는 필요가 마지막으로 갑자기 커졌다. 그는 그녀가 그의 인생 가장 깊은 곳의 비밀을 알기를 바랐다. 그녀가 그녀의 일부가 아니라 그녀 자신 안에, 그의 내부에 있는 모든 것을, 그의 일부를 갖게 되길 갑자기 원했다. 그 모든 것을 갖게 된 후에만, 그녀는 그 이유를 알고 이해하기 시작할 수 있다.

그래서 그들은 작은 공간 사이로 서로 쳐다보았다. 오랫동안 오롯이 바라보았다. 그들 사이의 시선이 이룬 반원 속에는 알거나 만나고 싶다는 에너지가 채워지지 않았다. 그는 아직 손가락으로 그의 어깨를 움켜쥐고 있는 남자 쪽으로 몸을 돌렸다.

"좋아요." 그가 말했다. "갑시다."

창백한 미소가 깊어졌다. 남자는 말하지 않았다. 아

서를 자기 앞으로 밀고 문을 나가 흐릿한 복도로 들어섰다.

그들은 계단 쪽으로 걸어가 내려가기 시작했다. 무슨 일이 일어날지 알았다. 클레어의 문이 갑자기 열렸을 때부터, 덩치 큰 남자가 손으로 그의 어깨를 박살냈을 때부터 본능적으로 알고 있었다.

하지만 긴 계단에 모인 어둠 속을 걸어갈 때, 본능적으로 알고 있던 것이 형태를 이루면서 아주 현실적으로 가까이 왔다. 그는 다가오는 희미한 공포를 소환했다. 고통을 너무 신경 썼다는 게 아니었다. 물론 그것도 일부이긴 했지만, 결국은 사소한 일일 뿐이었다. 아마도 그가 능력도 쓸모도 없는 사람이라는 하찮은 모욕을 극히 증오했기 때문일 것이다. 무엇이 올지 생각하면서 그는 전율했다. 자기의 어깨를 움켜잡고 밀며 계단 아래를 내려가는 강철 같은 손이 아니었다면 망설였을 것이다.

그들은 계단을 내려가면서 몸을 함께 움직이고 발걸음을 맞춰 짧고 리드미컬한 흐름으로 천천히 달렸다. 긴 복도 안, 불안한 침묵 속에서 그들의 발걸음은 지나치게 크고 거칠었다. 이유는 모르겠지만 왠지 소리를 내면 안 될 것 같았고, 이해할 수는 없었지만 어울리지 않고 심지어 신성모독적인 것 같았다. 그들이 움직이는 소리가 너무나 뻔뻔스러울 정도로 움츠러들지 않고 분명했기 때문이었다. 눈앞으로 다가온 오래된 의식에 말없이 순종하면서 발끝으로 최대한 조용히 걸어야 할 것 같았다.

어둠은 그 마법의 그물로 그를 잡거나 붙들지 않았다. 멍하니 차분해지지도 않았다. 반대로 그의 의식은 강화되고, 지각은 확대되었다. 그를 잡고 있는 남자의 묶지 않은 구두끈이 그의 슬리퍼 가죽에 둔탁하게 부딪히는 소리는 저항하는 노예의 살가죽을 가죽 채찍으로 후려치는 소리가 되었다. 신발 밑창이 천천히 끽끽거리는 소리는 아픔에 못 이겨 대드는 고통의 울부짖음이었다. 목 뒤쪽에 집요하고 따뜻하게 닿는 남자의 거친 숨결은 무서운 태풍의 불길한 전조인 양, 자취 없는 쓰레기로 이루어진 음산한 흰색 바위 위를 쌩쌩 부는 바람이었다.

계단 아래 있는 문에 다다라 밖으로 나왔다. 모퉁이 가로등은 밤의 우울한 순수성에 대항하는 더러운 얼룩이었다. 가로등은 자신의 머뭇거리는 손가락으로 흐릿한 거리와 그의 옆에 있는 남자의 반쯤은 빛나고 반쯤은 그늘진, 우울하고 창백한 얼굴을 찌르고 있었다. 남자는 거리를 위아래로 서둘러 쳐다보고는 몸을 돌려 그와 정면으로 마주했다. 처지고 귀찮은 듯한 미소가 남자의 두꺼운 입술에 걸려 있었고, 거칠게 숨을 쉬었다. 목소리는 점잖고, 여전히 거의 다정할 정도였지만 어떤 음란한 집요함으로 날이 서 있었다.

"그런 짓을 하는 게 아니었어, 꼬마. 아가씨의 방에 들어가 구타하는 행동은 좋지 않아. 알아?"

그는 움직이지 않았다.

남자의 목소리는 더 부드러워졌고, 설득조가 되었다. "앞으로 무슨 일이 일어날지 알지?"

그는 온 힘을 모아 끄덕였다.

덩치 큰 남자는 입술을 핥았다. 남자는 부드럽게, 거의 애정을 담아 말했다. "안경 벗어, 꼬마."

그는 팔을 들려고 했다. 필사적으로 노력했다. 하지만 그의 손은 양옆에 걸린 무거운 추였고, 움직이려 하지 않았다. 그는 상대방에게 그 요구가 얼마나 극도로 부당한지를 말없이 전달하려고 멍청하게 고개를 다시 저었다.

그러자 그의 앞에 있는 창백하고 뭉툭한 얼굴이 일그러지면서 흉측하고 형언할 수 없는 어떤 것이 되었다. 입술이 말없이 움직였고 입가에서 작은 침방울이 흘러내렸다.

그는 거대한 망치 같은 주먹이 쥐어지는 것을, 팔전체가 마치 미숙한 조각가가 서둘러 새긴 대리석 기둥처럼 될 때까지 손목에서부터 근육이 불룩해지는 것을 보았다. 이 모두가 아주 천천히 일어나는 것 같았다. 먼저 남자의 어깨가 그를 향해 약간 웅크려지더니 뒤로 당겨졌고, 그 동작과 함께 주먹이 올라갔고, 뒤로 향하는 몸의 움직임을 주먹과 팔이 따라갔다. 그는 다시 움직여 발 위로 몸을 기울였다. 거대한 주먹이 그를 향해 유유히 다가왔는데, 날아오는 동안 점점더 커졌다.

그리고 그의 얼굴에서 무엇인가가 폭발했다. 그는 타격을, 살과 뼈가 고통 없이 박살나는 걸 느꼈다. 뒤로 넘어지면서 보도에 이상한 탄력으로 부딪혔고, 다시 한 번 구르면서 뻗었다. 한쪽 팔꿈치로 몸을 일으켰다. 다른 손으로는 감각이 없고 찝찔한 부분을 문질렀다. 입이었다. 안경은 코 위에 이상한 각도로 걸려 있었다.

　남자는 거칠게 다시 때렸고, 그의 머리는 뒤와 옆으로 꺾였다. 뜨거운 피가 터져 입술과 턱 위로 뿜어져 나오는 걸 느꼈다. 비틀거리다 넘어지면서 다시 굴렀고, 몸을 일으켜 세우려 했다. 손은 연석과 보도에서 배수로 진흙 속으로 미끄러졌다. 무릎을 대고 몸을 일으켰고 그 자세로 잠시 있으면서 더러운 손을 바지에 닦으려고 했지만 소용없었다. 마침내 일어섰을 때, 어렴풋이 보이는 관대한 얼굴은 노랗게 된 어둠을 가리는 창백하고 흐릿한 형체일 뿐이었다. 깨끗한 손을 눈 쪽으로 들어 올렸고, 안경이 없어진 걸 발견했다. 얼굴 앞에 손을 흔들면서, 터진 입술 사이로 불분명한 발음의 단어를 웅얼거리며, 자기가 보이지 않는다는 것을 이해시키려고 남자를 향해 걸어갔다.

　거친 웃음소리를 들었다. 순간 갑작스럽고 무정하며 강력한 일격과 함께, 뼈가 없어져 머리가 부드러워진 것 같은 느낌이 들었다. 그러고는 아무것도 느끼거나 의식하지 못한 채, 허공을 날아 보도의 딱딱한 부분에 부딪혔다. 다시 몸을 일으키려고 했지만 손과 팔이 흐느적거리며 미끄러졌고, 딱딱한 콘크리트 위에 무기력하게 꼼짝도 못하고 쓰러졌다.

잠시 후 힘이 조금이나마 돌아오자, 고통스럽게 몸을 일으켜 앉아 짐짓 점잖게 주위를 유심히 보았다. 덩치 큰 남자는 보이지 않았다.

호기심으로 손을 들어 벌어져서 쓰라린 얼굴의 상처를 만졌다. 무릎과 손을 짚고 엎드려 안경을 찾으려고 잠시 인도를 뒤졌지만 찾지 못했다.

팔에 힘을 주며 일어섰다. 현기증으로 잠깐 휘청했다가 다시 균형을 잡았다. 좁고 긴 거리를 향해 불안정하게 걸어 내려갔다. 어둠이 모이고 빛이 없는 곳, 밤이 그에게 파고드는 곳, 아무것도 그를 기다리지 않는 곳, 그리고 마침내 그 혼자뿐이었던 곳으로.

[끝]

영혼의 정글

존 윌리엄스, 자화상
낸시 가드너 윌리엄스와의 인터뷰

"삶의 대부분을 비밀 속에서 지냈으니 말일세. 정치에 몸을 담은 이상
타인에게 속내를 드러낼 수는 없었지."

_존 윌리엄스, 『아우구스투스』

존 윌리엄스의 미망인인 낸시 가드너 윌리엄스는 콜
로라도 주 푸에블로의 사막 가까운 곳 단층집에 산다.
로키 산 근처에 있는 이 마을은 한때 제철소로 유명
했다. 키가 크고 자세가 꼿꼿한 낸시는 세심하고 주의
깊으며, 다정하지만 약간 내성적이다. 분명 수다스럽
지는 않지만, 남편과 똑같은 원칙으로 산다는 것을 곧
바로 깨달을 수 있다. 댄 웨이크필드는 언젠가 존 윌
리엄스에 대해 "허세도, 유행도, 화려함도 없다."고 언
급한 적이 있다. 이 말은 낸시에게도 마찬가지인 것
같다. 낸시는 덴버 대학에서 영문학을 전공했는데, 존
윌리엄스가 지도교수였다.

퍼트리샤 라이먼(PR): 윌리엄스 부인, 1959년에 덴버에서 존과 만나셨죠. 부인의 지도교수였고. 어떤 분이었습니까?

낸시 윌리엄스(NR): 항상 애스콧 타이[10]를 맸고 담배를 피웠죠. 심지어 강의 중에도요. 애스콧 타이를 매지 않고 강의실에 오는 모습은 생각할 수 없었어요. 좋은 교수였습니다. 물건을 깔끔하게 간수했고, 행동도 단정하고 깔끔했죠.

PR: 가난한 집안 출신이었다고요….

NW: 네, 가난했죠. 어머니는 로맨스 잡지를 읽는 걸 좋아했고요. 존은 열두 살 때 마을 서점에 작은 일자리를 얻었고, 서점 주인이 관심을 보였어요. 존은 가끔 어머니가 우는 소리를 들었다고 해요. 하지만 힘든 시절이었죠, 맙소사… 상상하기 어렵네요. 끼니를 이어나갈 돈을 벌어야 한다는 압박과 걱정을요. 농사를 지었는데 먹을 게 없었죠. 한번은 존이 농장을 보여줬어요. 작았죠. 아주 작았어요. 손바닥만 했죠.

---

10. 스카프 모양의, 폭이 넓은 넥타이.

PR: 존은 어떻게 대학에 갈 수 있었나요?

NW: 공부할 엄두도 못 냈죠. 돈이 없었으니까. 하지만 이 차 대전 때 군복무를 한 사람은 대학에 갈 수 있었어요. 정부에서 학비를 지원했거든요. 존에게는 행운이었죠. 정말 놀라운 일이었어요.

PR: 존이 작가로 처음 인정받은 작품은 『도살자의 건널목 Butcher's Crossing』이었죠. 존의 소설의 설정은 다양합니다. 장르도 그렇고. 하지만 이 작품은 당시 젊은 교수였던 그의 현실과는 아주 멀어 보입니다. 존이 왜 이 서부극 장르를 선택했는지 아시나요?

NW: 글쎄요, 존은 서부에 살았죠. 그 모든 산악 지대와 강 등이 바로 주위에 있었고요. 『도살자의 건널목』을 집필할 때, 그저 숲과 산에서 캠핑을 했어요. 제 생각에 존은 자연이 온화하다는 에머슨[11]의 주장에 그다지 동의하지 않은 것 같아요…. 전 『도살자의 건널목』이 자전적이라고 생각하지는 않지만, 그의 경험이 많이 담겨 있어요. 계속해서 이어지는 살인이요.

---

11. 『자연론』을 쓴 미국의 자연주의 철학자 랠프 월도 에머슨을 말함.

PR: 전쟁과 비슷하게요.

NW: 네, 그런 것 같아요.

PR: 존은 전쟁 중에 무슨 일을 했나요?

NW: 목소리가 컸어요. 고등학교 다닐 때는 아르바이트로 라디오 아나운서를 했죠. 그러고는 무선 통신 교육을 받았어요. 공군에 징집되었을 때 바로 추가 교육을 받고 수송 및 정찰기인 C-45의 무선 통신병이 되었죠. 그래서 전쟁 중에 통신병으로 복무했고요. 중국, 버마, 인도에서요. 존이 탄 비행기가 격추됐어요. 비행기가 아주 천천히 날다가 나무 꼭대기에 걸렸죠. 결국 땅에 추락했어요. 정신을 차려 보니 비행기 밖에 앉은 채 있었다고 하더군요. 자기 힘으로 빠져나왔는지, 그냥 기체에서 튕겨져 나왔는지는 모르겠대요. 비행기 앞쪽에 있던 존과 다른 두 동료는 살았고, 뒤쪽에 있던 다섯 명은 죽었어요. 그 사실이 평생 존을 따라다녔죠. 나는 어떻게 살았고 그들은 어떻게 죽었지? 제가 처음 존을 알았을 때, 존은 악몽에 시달리고 있었어요. 말라리아도 재발했고요. 전쟁이 끝난 지 십오 년이 지났을 때였죠. 세월이 흐르면서 악몽은 가라앉았지만 가끔

씩 찾아오곤 했죠. 절대 사라지지 않았어요. 이 년 반 동안의 살육, 살육, 살육. 절대로 사라지지 않죠.

PR: 첫 번째 소설인 『오직 밤뿐인』은 아버지와 소원해지고 유년 시절의 어떤 경험에 대한 트라우마가 있는 아들이 주인공입니다. 저는 이 작품에 완전히 빠져들었습니다. 글을 쓰려는 충동과 그 재능이 독자를 강타하죠. 불을 헤쳐 나온 사람의 에너지와 힘을 느낄 수 있습니다. 이 작품은 저를 매료시켰고, 그러고는 존이 고작 스물두 살 때 버마에서 복무하는 동안 집필했다는 것을 깨달았죠.

NW: 맞아요.

PR: 왜 존은 이 작품을 멀리했을까요?

NW: 모르겠어요. 당신이 오기 전에 다시 읽어 봤으면 좋았을 걸 그랬네요. 그러면 기억이 떠올랐을 텐데. 존은 비행기 사고의 충격에서 회복하는 과정 중에 이 작품을 썼어요. 규정에 따르면 귀가 조치되어야 했지만, 그럴 방법이 없었어요. 하지만 군복무는 면제됐죠. 그게 원칙이니까. 부상을 입으면 더 이상 군복무를 할 의무가 없어요. 종이는 어떻게 구했는지 모르겠어요. 상상해 보세요. 존은 텐트에 있었어요. 친구라고는 하루에 한두 번 찾아오는 몽구스밖에 없었죠. 정글 안에 빈터가 있었고, 다른 텐트 몇 개가 다였죠. 그밖에는 아무것도 없었어요. 영화도, 라디오도, 도서관도. 말 그대로 아무것도 없었죠. 존은 정글 안의 작은 빈터에 아무것도 없이 있었어요. 지루해서 죽지 않으려고 썼을 뿐이었죠.

회복돼서 상태가 나아지자, 자원했어요…. 추락한 비행기 조종사의 인식표를 회수하는 일에요. 조종사가 사망한 것은 알고 있었지만, 인식표를 회수하지 않는다면 조종사의 가족은 무슨 일이 일어났는지 알 수 없으니까요. 그래서 존과 두 명의 전우가 길을 내면서 정글을 가로질러 갔어요. 그 자체로 큰 모험이었지만, 존은 할 일이 필요했고, 그래서 소설을 쓰고 조종사의 인식표를 회수하러 간 거죠.

PR: 존은 당신을 집필 작업의 파트너로 삼았나요?

NW: 아니요. 딱 한 번 예외가 있었죠. 존이 『아우구스투스』의 집필을 마치고 아래층으로 내려왔을 때, 전

바로 알아차리고 말했어요. 시간이 너무 오래 걸렸다고, 더 빨리 끝내야 한다고. 존의 집필에 대해 내가 뭐라고 한 건 그게 유일했어요.

PR: 존이 충고를 따랐나요?

NW: 네, 그랬죠.

PR: 매일 글을 썼나요?

NW: 네, 가능한 한 그랬죠. 하지만 여름 중에만 그랬어요. 다른 때는 강의가 있으니까요. 존은 극도로 꼼꼼한 작가였어요. 작품에 대단한 공력을 들였고, 아주 신중하게 개요를 잡았죠. 뭐라도 다시 쓰게 되는 걸 원하지 않았으니까요. 아침 일찍부터 집필을 시작했어요. 커피 한 잔 하고 나서 일곱 시 반이나 여덟 시쯤에요. 아침은 먹지 않았어요. 그러고는 위층 집필실로 올라갔고, 점심때까지는 모습을 보이지 않았죠. 가끔 텃밭에 있는 걸 본 적은 있어요. 채소밭을 가꾸고 있었죠. 농부… 존은 그 텃밭을 좋아했어요. 그러면 저는 생각했죠. 어디선가 글이 막혀서 긴장을 풀 게 필요하구나 하고요. 잠시 후에는 다시 올라가서 글을 썼어요…. 그리고 내려와서 점심을 먹었고—종종 점심 식사를 함께했어요—, 대학에 가서 우편물을 확인하거나 누군가와 대화를 했죠. 그런 후에 오후에는 다음 날 작업을 계획하면서 다시 위층으로 가서 두세 시간 동안 있었어요. 그래서 존은 일할 때면 자신이 뭘 완수해야 하는지 알고 있었어요.

PR: 1973년에 전미도서 상(National Book Award)을 수상했습니다. 존 바스(John Barth)와 공동 수상해야 했고, 얼마 안 되지만 상금도 나눠야 했죠. 하지만 존은 다음과 같은 발언으로 유명해졌습니다. "상관없습니다. 글을 써서 돈을 벌겠다는 기대는 해 본 적이 없으니까요." 이런 태도는 어떻게 가지게 되었을까요? 전해진 바에 따르면 독자가 천 명이든 십만 명이든 상관하지 않는다는 말도 했다는데요….

NW: 존은 독립심과 고집 빼면 아무것도 없었죠. 먹고 살 수 있는 좋은 직업이 있었어요. 작품이 인정받는가에 대한 불안이 없었죠.

PR: 존은 인류에 대한, 이성의 힘에 대한 신뢰가 있었나요?

NW: 그런 질문에 흥미를 가졌을 것 같진 않네요. 추상적인 것에는 관심이 없었어요. 개별 사안을 다루고 싶어 했고요. 존이 이십 세기 시를 강의하던 모습이 생각나네요…. 사물 그 자체를 사랑했을 뿐이에요. 시를 사랑했고, 아마 시인도 사랑했겠죠. 하지만 그 시를 어떤 놀랍고 철학적인 것으로 바꾸는 건 전혀 아니었죠. 그런 데 관심이 없었어요.

PR: 하지만 꼭 『스토너』에서뿐만 아니더라도 이런 근본적인 질문이 존재하지 않습니까? "훌륭한 삶이란 무엇인가?"

NW: 맞아요. 그렇지만 훌륭한 삶이란 건 당면한 문제죠. 훌륭한 삶은 철학적인 테두리 안에는 존재하지 않아요. 훌륭한 삶이란 당신과 내가 지금 여기서 대화를 나누는 거예요.

PR: 존은 작품 전부, 그 대작 세 편을 1960년과 1972년 사이에 썼습니다. 냉전, 쿠바 위기[12], 베트남전, 블

---

12. 소련이 쿠바에 미사일 기지를 건설하는 문제로 촉발된 미국과 소련간의 전쟁 위기.

랙 팬서 운동[13] 의 시기였죠. 존은 작가가 정치적 또는 사회적 역할을 해야 한다고 느꼈나요?

NW: 아니, 전혀요. 존은 개인주의적인 사람이었어요. 작품이 직접적으로 정치적 책임을 부담해야 한다고 느끼지 않았죠. 하지만 『아우구스투스』에 그런 게 들어 있긴 합니다. 우리 세상, 현실과 어떤 관계가 있는 세계를 기록하거나 최소한 만들어야 한다는 생각이요. 존이 전쟁의 문제를 파고든 것처럼요. 『스토너』에서도 마찬가지고요. 그렇지만 직접적인 책임과 행동, TV에 출연해서 발언하는 건… 전혀, 전혀 아니었죠.

PR: 『아우구스투스』에 이런 문장이 나오죠. "단순히 판단은 쉽고 지식은 어렵기 때문에 말일세."

NW: 존의 말이 바로 그거였어요. 남에게 이러니저러니 하는 건 최악의 행동이라고 했죠.

PR: 그때가 1972년이었죠. 십삼 년 후인 1985년에 대학에서 퇴직했습니다. 1972년 이후에 존의 작품에

---

13. 1960년대 미국의 급진적인 흑인 운동. 킹 목사의 온건 노선이 아닌 맬컴 엑스의 강경투쟁 노선을 추종했음.

는 무슨 일이 일어났나요?

NW: 몸이 좋지 않았어요. 정말 안 좋았죠. 『아우구스투스』를 쓴 후에는 에너지가 남아 있지 않았어요. 새 작품을 시작했죠. 『Sleep of Reason』. 정말 멋진 작품이에요.

PR: 건강 문제를 얘기해 보죠. 폐 질환을 말씀하신 건가요? 아니면 음주 문제?

NW: 음… 둘 다요.

PR: 알코올 중독을 유발한 사건이 있었나요?

NW: 아니요. 존은 텍사스에서 성장했어요. 음주가 성숙하고 세련된 행위처럼 보이는 곳이죠. 고등학교 때부터 음주를, 맥주를 마시기 시작했다고 저한테 말했어요.

PR: 하지만 어떤 시점에서는 분명 음주를 조절할 수 없게 됐죠?

NW: 저는 그 단어를 쓰지 않아요. 존은 알코올 의존증이었죠. 매일 마셨어요…. 하지만 크게 문제를 일으키진 않았어요. 저녁이 되면 기분이 별로 좋진 않았지만… 절대로… 어쨌든 매일 일어나서 해야 할 일을 했어요. 주로 강의였죠.

PR: 자존감에 영향을 미쳤나요?

NW: 아니요. 존은 에고가 극히 건전했어요. 그의 자존감에 상처를 낼 수 있는 건 없었어요. 자신만의 악마가 있었어요. 저는 존이 맥주를 마시게 됐어요. 전쟁 때문에 생긴 그의 악몽과 슬픔을 보았거든요. 말라리아도 봤고, 모든 걸 봤죠. 그래서 생각했어요. 존이 술을 마시는 건 당연하다고.

PR: 『스토너』에서 자아는 정글이고 자아 안에서 사는 건 유배와 같다고 얘기했죠.

NW: 네, 그 말이 맞아요. 우리 삶이 그렇죠. 우리는 자아 안에서 살고 있을 뿐이에요. 그게 존이 사물을 보는 방식과 아주 가까웠던 것 같아요. 자아는 정글이라는 거요. 눈앞이 안 보이고, 질식할 것 같고, 덥고, 거칠죠. 존은 정글이 무엇인지 확실히 알았어요…. 마음은 정글이죠. 존의 경험에 따르면 정글은 특정한 장소가 아니에요.

PR: 사실 존은 『스토너』의 좌우명을 고르고 싶어 했죠. 오르테가 이 가세트[14]의 "영웅이란 자기 자신이 되고 싶어 하는 사람이다."라는 문장이었습니다. 결국 쓰지는 않았지만요. 이 문장은 존에게 개인적으로 어떤 의미가 있었나요?

NW: 정말 핵심적이고 단도직입적이지 않나요? 우리가 우리 자신이 될 수 있는 길을 얼마나 많은 것들이 가로막고 있는지 생각해 보세요. 우리의 상황이요. 존의 경우는 가난이었죠. 이런 점에서 존은 제가 만난 누구보다도 가장 성공했어요. 자기가 원했던 일을 했죠. 삼십 대가 되어서야 본격적으로 집필을 시작했는데 정말 멋지게 해냈고요. 그래서 그는 제가 생각하는 누구보다도 자기 자신에 가까워질 수 있었고, 어떤 희생을 치르거나 어떤 도전에 직면하더라도 무엇인가를 이루어 내려고 했어요. 그저 계속해서 나아갔죠. 자기 자신을 탐구하는 데는 그다지 흥미가 없었던 것 같아요. 아니면 소설을 통해 그렇게 했을지도 모르죠.

---

14. 1883~1955, 스페인의 실존주의 철학자.

자기 자신에 대해 얘기하는 데는 전혀 관심이 없었다는 뜻이에요. 위트가 넘쳤고, 재미있었죠. 오이로 피클도 만들고, 언제나 무엇인가를 했어요. 진지한 대화를 나누는 일은 제일 하고 싶어 하지 않았고요.

PR: 모순적인 사람이었나요?

NW: 아니요. 그렇게 생각하지 않아요. 일관성이 있었죠. 모순적인 사람도 아니었고, 자기 자신을 속이지도 않는, 겉과 속이 일치하는 사람이었어요. 존에 대한 얘기를 할 수 있어서 정말 기뻤어요. 제가 제대로 얘기했는지 모르겠네요. 존은 훌륭한 사람이었어요. 정말로 훌륭한 사람이요.

PR: 인터뷰에 응해 주셔서 대단히 감사합니다, 낸시.

옮긴이 **정세윤**

경희대학교 법학과를 졸업하고 같은 학교 대학원에서 영미계약법 연구로 석사학위를 받았다. 영상 번역 분야에 종사하면서 여러 편의 다큐멘터리, 드라마, 영화 등을 번역하다 출판 번역가의 길로 들어섰으며 번역작으로는 『펀치 에스크로』, 『소피 콜리어의 실종』이 있다.

오직 밤뿐인

1판 1쇄 인쇄 2020년 2월 17일
1판 1쇄 발행 2020년 2월 29일

지은이 존 윌리엄스
옮긴이 정세윤

발행인 김지아
표지 및 본문 디자인 풀밭의 여치 http://srladu.blog.me

펴낸곳 구픽
출판등록 2015년 7월 1일 제2015-27호
주소 서울시 광진구 동일로 459, 1102호
전화 02-491-0121
팩스 02-6919-1351
이메일 guzma@naver.com
홈페이지 www.gufic.co.kr